LES
de G............

L'enlèvement

LIVRE I

Par-Delà le Par-Delà

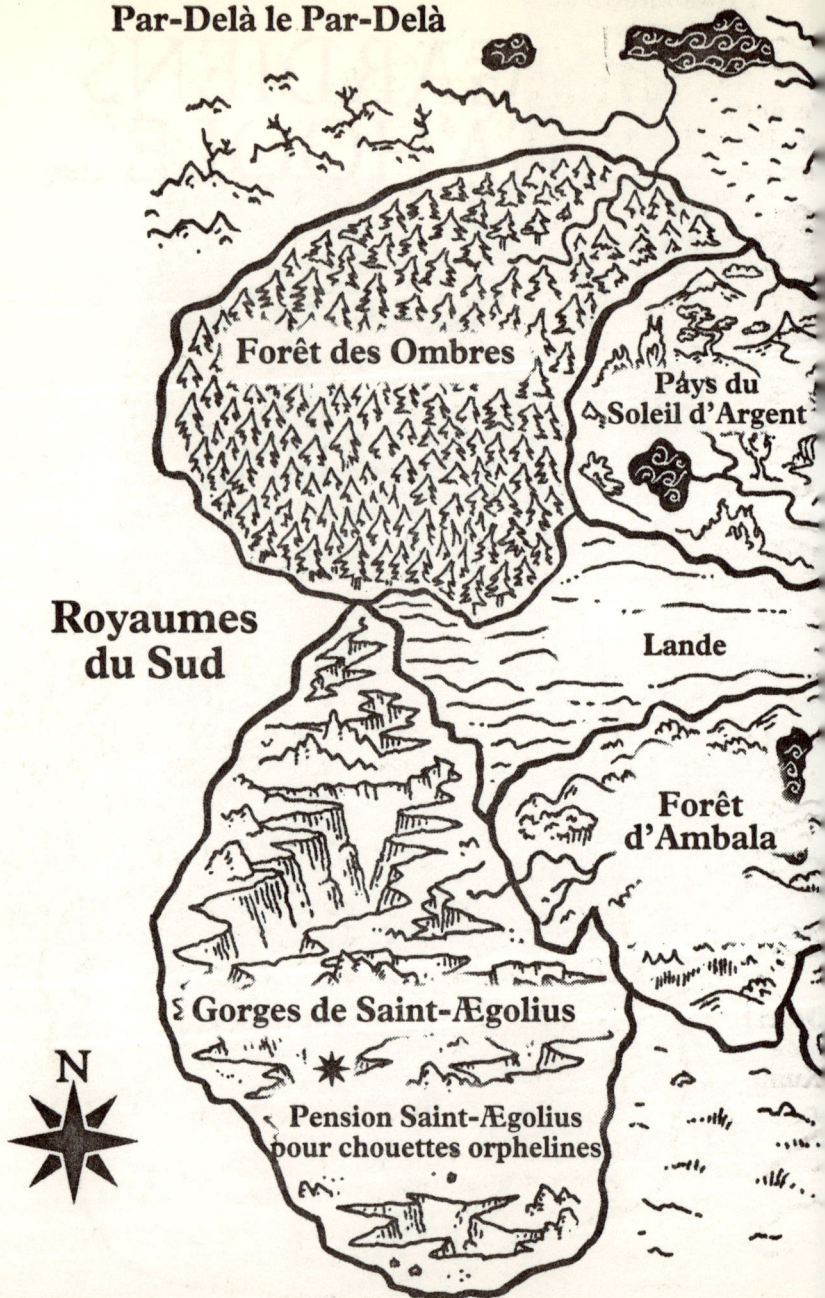

Forêt des Ombres

Pays du Soleil d'Argent

Royaumes du Sud

Lande

Forêt d'Ambala

N

Gorges de Saint-Ægolius

Pension Saint-Ægolius pour chouettes orphelines

Promontoire de la Serre tordue

du Nora

Péninsule des Bois aux Esprits

Fjords

Mer d'Hoolemere

Cap-Glaucis

Île de Hoole

Monts-Becs

Désert de Kunir

Forêt de Tyto

Creux de Soren

Fleuve Hoole

...*impossible de distinguer un arbre avec précision, juste de vagues bosquets. Puis la forêt devint de plus en plus petite et floue...*

LES GARDIENS de GA'HOOLE

LIVRE I

L'enlèvement

KATHRYN LASKY

Traduit de l'anglais (États-Unis)
par Cécile Moran

POCKET JEUNESSE

L'auteur

Kathryn Lasky est depuis longtemps passionnée par les chouettes et les hiboux. Il y a quelques années, elle a entrepris des recherches poussées sur ces oiseaux et leur comportement. Elle songeait à se servir de ses notes pour écrire un jour un essai, illustré de photographies de son mari, Christopher Knight. Mais elle s'aperçut bientôt que la tâche serait compliquée, ces créatures étant des animaux nocturnes, timides et difficiles à localiser. Elle se décida alors pour un roman, dont l'action se situerait dans un monde imaginaire.

Kathryn Lasky a écrit de nombreux ouvrages. Elle a reçu comme prix le National Jewish Book Award, le ALA Best Book for Young Adults, le Horn Book Award délivré par le *Boston Globe* et le Children's Book Guild Award du *Washington Post*. Fruit d'une collaboration avec son mari, *Sugaring Time*, un essai, a été récompensé d'un Newbery Honor.

Kathryn Lasky et son mari vivent à Cambridge, dans le Massachusetts.

Titre original.
GUARDIANS OF GA'HOOLE
1. The Capture

Publié pour la première fois en 2003, par Scholastic Inc., New York.

Loi n° 49-956 du 16 juillet 1949 sur les publications destinées à la jeunesse : avril 2007.

© 2007, éditions Pocket Jeunesse, département d'Univers Poche pour la traduction française.

ISBN 978-2-266-15519-9

Pour Ann Reit, une femme très chouette,
doublée d'une instructrice de haute volée
K.L.

Les personnages

SOREN: chouette effraie, *Tyto alba*, du royaume sylvestre de Tyto; enlevé à l'âge de trois semaines par des patrouilles de Saint-Ægolius

Sa famille:
ÉGLANTINE: chouette effraie, *Tyto alba*, sa petite sœur
KLUDD: chouette effraie, *Tyto alba*, son grand frère
MARELLA: chouette effraie, *Tyto alba*, sa mère
NOCTUS: chouette effraie, *Tyto alba*, son père

Domestique de la famille:
Mme PITTIVIER: serpent aveugle

GYLFIE: chevêchette elfe, ou chevêchette des saguaros, *Micrathene whitneyi*, du royaume désertique de Kunir; enlevée à l'âge de trois semaines par des patrouilles de Saint-Ægolius

SPÉLÉON: chouette des terriers, *Speotyto cunicularius*, du royaume désertique de Kunir; s'est perdu dans le désert après une attaque au cours de laquelle son frère fut tué par Casus et Belli

PERCE-NEIGE: chouette lapone, *Strix nebulosa*, voyageur solitaire, devenu orphelin à peine quelques heures après son éclosion

ß ß ß

CASUS: hibou moyen duc, *Asio otus*, sous-lieutenant des forces de Saint-Ægolius; frère de Belli

BELLI: hibou moyen duc, *Asio otus*, sous-lieutenant des forces de Saint-Ægolius

CROCUS: hibou grand duc, *Bubo virginianus*, Ablabbesse supérieure de la pension Saint-Ægolius pour chouettes orphelines

HULORA : hibou petit duc des montagnes, *Otus kennicottii*, adjointe de Crocus

TATIE FINNIE : harfang des neiges, *Nyctea scandiaca*, gardienne de foyer à Saint-Ægolius

TONTON : hibou grand duc, *Bubo virginianus*, gardien de foyer à Saint-Ægolius

/3   /3   /3

HORTENSE : chouette tachetée, *Strix occidentalis*, originaire du royaume sylvestre d'Ambala, enlevée à un âge inconnu par des patrouilles de Saint-Ægolius ; apprentie couveuse à l'*œuforium* de Saint-Ægolius

47-2 : hibou petit duc des montagnes, *Otus kennicottii*, ouvrière au *pelotorium* de Saint-Ægolius

SCROGNE : nyctale boréal, ou chouette de Tengmalm, *Aegolius funerus*, capturé adulte par les patrouilles de

Saint-Ægolius et gardé en otage contre la promesse
d'épargner sa famille

ß ß ß

ÉCLAIR : pygargue à tête blanche, allié des forces de
résistance contre Saint-Ægolius

ZANA : pygargue à tête blanche, compagne d'Éclair

Prologue

Le monde se mit à tournoyer comme une toupie. Les aiguilles du vieux sapin se brouillèrent sur le ciel noir, puis le sol de la forêt se rapprocha à une vitesse étourdissante. Pris de nausée, Soren essaya désespérément d'agiter ses petites ailes rabougries. En vain. «Ça y est, je suis mort, pensa-t-il. Écrabouillé. Trois semaines que j'ai brisé ma coquille, et c'en est fini de moi!»

Mais quelque chose amortit soudain sa chute. Une poche d'air? Un coussinet de vent? Ou bien une douce brise qui se serait faufilée entre ses touffes de duvet? Le temps se figea. La courte vie de Soren défila sous ses yeux, dans le moindre détail, depuis son tout premier souvenir...

1
Souvenirs du nid

— Noctus, chéri, peux-tu t'arracher un peu plus de duvet pour le nid ? Je crois que notre troisième va arriver. Cet œuf est en train de se craqueler.

— Encore ! protesta Kludd.

— Comment ça, encore ? gronda son père. Tu ne veux pas un deuxième frère ?

— Ou une sœur, dit sa mère en chuintant tout bas, à la manière des chouettes effraies.

— Moi, je préférerais une fille, pépia Soren.

— N'importe quoi ! Tu ne sais même pas ce que c'est, le rembarra Kludd.

« En tout cas, c'est sûrement mieux qu'un frère », songea Soren.

Kludd le rabrouait sans arrêt : il semblait le détester depuis l'instant où il avait cassé sa coquille.

— Je te signale que tu serais moins content que les suivants rappliquent si tu étais prêt à attaquer les exercices dans les branches...

Cet apprentissage constituait pour l'oisillon le premier pas vers le vol, au propre et au figuré: d'abord, il devait sauter de rameau en rameau en battant des ailes.

— Allons, allons, patience, bougonna le père. Tu n'as aucune raison de t'affoler. Je te rappelle que tu n'auras pas tes plumes de grand avant un bon mois.

Soren allait demander combien cela faisait de nuits quand il entendit un craquement. La famille retint son souffle. Ce bruit serait passé inaperçu pour n'importe quelle autre créature de la forêt, mais les deux fentes que possèdent les chouettes effraies en guise d'oreilles ont une sensibilité exceptionnelle.

— On y est presque! hoqueta Marella. Je suis excitée comme une puce!

Elle continua à pousser des oh! et des ah! en observant son œuf d'un blanc parfait se balancer d'avant en arrière. Un trou minuscule apparut, par où dépassait une épine.

— Glaucis[1] soit loué, sa dent d'éclosion! s'exclama Noctus.

— La mienne était plus grosse, pas vrai, papa? s'écria Kludd en bousculant son frère pour mieux voir.

Celui-ci se glissa sous l'aile de son père et se replaça devant.

— Je ne sais pas, fiston... N'est-ce pas craquant, ce bec brillant qui pointe? Ça me bouleverse toujours d'assister à l'entrée d'un être si fragile dans le vaste monde... Ah! quelle merveille!

En effet, c'était fabuleux. Une sorte de prodige. Soren fixait la coquille qui commençait à se fêler. Elle frémit et les fissures s'élargirent. Dire qu'il avait fait la même chose avec la sienne, à peine deux semaines auparavant!

— Qu'est devenue ma dent, maman?

— Elle est tombée, imbécile, se moqua Kludd.

— Ah...

Les parents étaient si absorbés qu'ils en oublièrent de réprimander leur aîné pour sa grossièreté.

— Où est Mme P.? s'inquiéta tout à coup Marella. Madame P.?

---

1. Dieu et ancêtre commun de toutes les chouettes.

— Ici, ici, madame.

Mme Pittivier, le vieux serpent aveugle qui vivait depuis des années avec Noctus et les siens, rampait vers le nid. Nés sans yeux, les reptiles de cette famille étaient employés comme domestiques par de nombreuses chouettes : ils nettoyaient les creux de leur tronc d'arbre et en éloignaient les asticots et autres insectes nuisibles.

— Madame P., pas de vermine dans le coin où Noctus a mis du duvet neuf, je vous prie.

— Évidemment, madame. Nous avons gardé de nombreuses couvées ensemble, n'est-ce pas ?

— Oh ! pardon, madame P. ! Je suis trop nerveuse au moment des naissances. Chaque fois, c'est la même chose. Je ne m'y habituerai jamais.

— Ne vous excusez pas. Croyez-vous que la plupart des oiseaux se préoccupent d'avoir un nid aussi net ? On m'a raconté de ces histoires à propos des mouettes ! Bonté divine ! Il vaut mieux que je ne me lance pas sur le sujet !

Très pointilleuse en matière de propreté, Mme Pittivier était fière de travailler pour un si noble volatile. Elle affichait un profond mépris pour ces espèces que la

nature avait dotées du plus pitoyable des systèmes diges-
tifs : celui qui transformait tous les aliments en fientes
flasques. Les serpents nettoyeurs, entre eux, les dési-
gnaient par une expression peu flatteuse : les « mous du
croupion ». Bien sûr, Mme Pittivier était beaucoup trop
polie pour employer un tel langage. Toujours est-il que
les chouettes se distinguaient de cette vulgaire société.
La fourrure, les os et les dents de leurs proies – des souris, entre autres – s'emmêlaient pour former des pelotes,
dont les dimensions correspondaient pile à celles de leur
gésier. Quelques heures après les repas, elles régurgi-
taient des paquets bien ficelés.

— Maman ! s'étrangla Soren. Regarde !

Un fracas formidable résonna dans la cavité du tronc.
Enfin, « formidable » pour des chouettes effraies. Puis
l'œuf s'ouvrit : une boule gluante et pâle en sortit – *floc !*

— C'est une fille !

De la gorge de la mère jaillit un long cri strident ; son
bonheur était immense.

— Qu'elle est chou !

— Un amour ! affirma le papa.

Kludd bâilla, tandis que Soren examinait avec stupeur

la créature nue et mouillée, aux yeux protubérants et aux paupières collées.

— Maman, pourquoi elle est bizarre, sa tête ? demanda-t-il.

— C'est normal, mon ange. Les poussins ont de très gros crânes ; il faut un peu de temps à leur corps pour s'ajuster...

— Sans parler du cerveau, grommela Kludd.

— ... si bien qu'au début ils ont du mal à se tenir droit. Toi aussi, tu étais comme ça.

— Marella, comment allons-nous appeler ce trésor ? interrogea le père.

— Églantine, proposa-t-elle sur-le-champ. J'ai toujours voulu une petite Églantine.

— Oh ! Maman, j'adore ce prénom !

Soren le répéta à voix basse. Puis, penché au-dessus de la boule gélatineuse et palpitante, il murmura : « Églantine ». Il crut voir alors une prunelle microscopique à travers la fente de la paupière, et il entendit un faible « Coucou ! ». Il aima aussitôt sa sœur de tout son cœur.

En quelques minutes, le têtard tremblotant s'était changé en une touffe de duvet blanche et pelucheuse.

Églantine se fortifia en un éclair. Du moins, ce fut l'impression de Soren. Ses parents lui assurèrent que lui aussi avait grossi très vite.

Ce soir-là, ils célébrèrent avec Églantine la cérémonie de l'Insecte. Les yeux exorbités, elle hurlait, torturée par la faim. Elle put à peine attendre que son père ait terminé son traditionnel discours.

— Chère Églantine, bienvenue dans la forêt de Tyto, le royaume des *Tyto alba*, ou chouettes des clochers, comme on nous appelle plus souvent. Jadis, nous vivions dans les clochers. Aujourd'hui nous partageons ce domaine boisé avec nos cousins de la famille Tyto. C'est sans doute le moins étendu des territoires de chouettes et hiboux. Il faut dire que nous sommes plutôt rares. Et, en vérité, nous n'avons plus de roi depuis des lustres. Plus tard, lorsque tu entreras dans ta deuxième année, tu t'envoleras et, à ton tour, tu choisiras un arbre où loger avec ton compagnon.

Cette phrase perturba Soren. Il n'arrivait pas à s'imaginer adulte, dans un nid à lui. Comment pourrait-il supporter d'être séparé de son papa et de sa maman ? Pourtant, un puissant désir de voler le taquinait déjà, malgré ses ailes de bébé où ne perçait pas encore la moindre rémige – ou «plume de grand», comme disait son père.

— Et maintenant, poursuivit Noctus, passons à ta cérémonie de l'Insecte. Marella chérie, veux-tu apporter le grillon?

Celle-ci s'avança avec l'un des derniers grillons de l'été pendu au bec.

— Avale, ma puce! La tête d'abord. Voilà, au fond du gosier. On commence toujours par la tête, que ce soit un grillon, une souris ou un campagnol. C'est la seule façon de manger qui vaille.

— Mmm! soupira le papa en surveillant les gestes de sa fille. C'est ton gésier qui va appré-*sier*!

Kludd cilla et bâilla. Parfois ses parents lui faisaient honte, surtout son père avec ses jeux de mots à deux pelotes.

— Crétin des bois! marmonna-t-il.

À l'aube, alors que toutes les chouettes étaient rentrées au nid, Soren, excité par la venue de sa sœur, ne réussissait pas à s'endormir. Noctus et Marella s'étaient

retirés sur leur perchoir en surplomb et leurs voix traversaient le mince filet de lumière du matin.

— Oh! Noctus, c'est incompréhensible... Un autre
petit, tu es certain?

— Oui, hélas.

— Combien ont disparu ces derniers jours?

— Quinze, me semble-t-il.

— C'est bien trop pour qu'on puisse accuser les
ratons laveurs.

— Tu as raison... Et ce n'est pas tout.

— Qu'y a-t-il? hulula faiblement Marella.

— Des œufs.

— Comment, des œufs?

— Volatilisés, eux aussi.

— Du nid?

— Oui, j'en ai bien peur.

— Quel crime effroyable!

— J'ai cru devoir te le dire, au cas où nous aurions la
chance d'engendrer une nouvelle couvée.

— Oh! Nom de Glaucis!

Soren n'en revenait pas: sa mère avait juré!

— Nous ne les quittons pourtant presque jamais. Les coupables doivent nous épier... sans relâche.

— Probable. Ce qui est sûr, c'est qu'ils peuvent soit voler, soit grimper aux arbres, conclut Noctus d'un air lugubre.

Un vent d'épouvante souffla dans le trou où nichaient les poussins. Quelle chance qu'Églantine n'ait pas été enlevée avant que son œuf ne soit éclos! Soren se promit de ne jamais la laisser seule, sous aucun prétexte.

Églantine n'avait même pas digéré son grillon qu'elle en attaquait un deuxième. Après cela, elle ne cessa pas de se goinfrer, à la grande stupéfaction du cadet.

— Comme si tu ne dévorais pas, toi! lui dirent ses parents. À ce propos, ta cérémonie du Pelage approche.

Ainsi se déroulait l'enfance d'un *Tyto alba*, dans une succession de rituels dont le moment le plus solennel, et néanmoins joyeux, était le premier vol.

— Je vais manger de la viande avec la fourrure! s'ébahit Soren.

Il était intrigué par les sensations que la nourriture lui procurerait en glissant dans sa gorge. Jusque-là, sa mère avait ôté les poils et les os des succulents bouts de chair fraîche de souris ou d'écureuil qu'elle lui donnait. Kludd, lui, se préparait pour son premier os. Il serait enfin autorisé à «tout gober», selon la formule de Noctus. Cette étape venait juste après le début de l'initiation dans les branches. Et elle précédait de peu le spectaculaire plongeon dans le vide, orchestré sous le contrôle vigilant des adultes.

— Hop! hop! C'est ça, Kludd! Maintenant, lorsque tu t'élances vers la branche suivante, tu pousses avec tes ailes. Et souviens-toi: pour l'instant, pas question de voler, même quand tu auras appris à décoller. Interdiction formelle jusqu'à ce que nous décidions du contraire, maman et moi.

— Oui, Papa! grogna Kludd. Je ne risque pas d'oublier...

Soren avait lui aussi entendu cette rengaine des milliers de fois, alors qu'il était encore loin de commencer les leçons dans les branches. La pire bêtise qu'un oisillon puisse commettre était de tenter de voler avant l'heure. Forcément, ils essayaient presque tous dès que leurs parents étaient partis chasser, trop pressés qu'ils étaient de tester leurs magnifiques ailes avec leurs plumes neuves. En général, l'expérience s'achevait sur une chute désastreuse ; le petit se retrouvait à des dizaines de mètres du nid, parfois gravement blessé et exposé à de dangereux prédateurs.

Le sermon fut bref et la classe reprit.

— Du nerf, du nerf, mon fils ! Moins de bruit. Les chouettes volent en silence.

— Mais je ne suis pas en train de voler ! Tu n'arrêtes pas de me le rappeler, d'ailleurs. Qu'est-ce que ça peut faire si je suis bruyant quand je saute dans l'arbre ?

— Voilà comment on en vient à être aussi discret qu'un bourdon. Si tu crois que c'est facile de se débarrasser des mauvaises habitudes !

— Oh, zut !

— Je t'en ficherai des zut !

Noctus explosa et flanqua une claque à son aîné, qui faillit tomber à la renverse. Soren dut reconnaître que son frère encaissait sans broncher. Il se ressaisit, jeta un regard noir à son père et continua l'exercice en s'appliquant un peu plus.

De frêles sifflements signalèrent l'arrivée de Mme Pittivier.

— Qu'il est difficile, celui-là! Bouh! Heureusement que ta mère n'est pas là pour assister à cette vilaine scène... Églantine, voyons!

Bien qu'aveugle, Mme P. devinait avec exactitude le moindre geste des poussins. Là, par exemple, elle savait qu'Églantine broyait dans son bec un parasite.

— Repose-moi ça. Ce genre d'insectes n'est pas bon pour les chouettes. Ils ne conviennent qu'aux serpents. Si tu persistes, tu deviendras grasse et molle, et tu ne seras jamais prête pour ta cérémonie de la Viande. Du coup, pas de premier Pelage, ni d'Os, ni de... tu sais quoi. Ta maman est sortie chercher un campagnol bien dodu, avec une fourrure soyeuse, pour ton frère. Peut-être qu'elle ramènera pour toi un joli mille-pattes frétillant?

— Oh! oui, ils sont rigolos! s'écria Soren. Ils font des guili dans le gosier.

— Soren, raconte-moi encore l'histoire du mille-pattes, le supplia Églantine.

Mme Pittivier soupira. C'était irrésistible! La petiote était suspendue au bec de son frère. Leur affection n'était entachée d'aucune rivalité – ils s'a-do-raient. En revanche, elle ne comprenait pas ce qu'il s'était passé avec le plus vieux. Dans une couvée, il y en avait toujours un plus dur que les autres, mais Kludd dépassait les bornes. Chez ce jeune, un détail clochait, pensait-elle. Un hic, quelque chose d'anormal pour son espèce.

— Chante-moi la comptine du mille-pattes! Allez!

Soren ouvrit grand son bec et entonna:

> *Qui est-ce qui se tortille,*
> *Qui se trémousse*
> *Et m'émoustille?*
>
> *Il a plein de pattes minuscules,*
> *Et, dans mon bec, il fait des bulles,*
> *Est-ce une blatte? Une libellule?*
> *Mais non! C'est...*
>
> *... mon mille-pattes chéri,*
> *Croustillant et sucré,*
> *Mon goûter favori!*
>
> *Je le préfère aux scarabées et aux criquets*
> *Qui me donnent parfois le hoquet.*

Le chouchou quand vient la becquée,
C'est...

...le mille-pattes bien juteux
Et si savoureux
Qui fait de moi le plus heureux!

À la fin de la chanson, Marella atterrit et déposa un campagnol à côté de lui.

— C'est un bon gros mâle, mon cœur, idéal pour ta cérémonie et celle de ton frère.

— Non, j'en veux un rien qu'à moi! brailla Kludd.

— N'importe quoi! Il ne manquerait plus que ça! Un entier, rien que pour toi!

— Moi, quoi, toi, pépia Églantine. Ça rime!

— Si, je veux le mien! s'entêta Kludd.

— Écoute-moi bien, dit sa mère en le fixant d'un air sévère. Ici, nous ne gaspillons pas la nourriture. Cet animal est énorme. Il y a largement assez pour vos deux cérémonies, ainsi que pour ta sœur.

— Ouais! Je vais avoir de la viande!

Églantine sautillait de joie. Elle se passait très bien de mille-pattes.

— Alors, si tu veux ton campagnol, tu n'as qu'à aller le chasser toi-même! Les proies sont rares à Tyto en cette période de l'année. Il m'a fallu des heures pour débusquer celui-ci, je suis épuisée.

Une lune ronde et orange voguait dans le ciel d'automne. Elle parut se figer au-dessus du haut sapin qu'occupait la famille de Soren, et une douce lueur envahit le tronc. C'était une nuit parfaite pour les cérémonies des chouettes, ces étapes essentielles de leur vie dont elles raffolaient.

Ainsi, juste avant l'aurore, les trois oisillons furent mis à l'honneur, chacun à sa façon. Kludd régurgita sa première pelote digne de ce nom, qui avait les dimensions exactes de son gésier.

— Voilà une belle pelote, mon fils, le félicita Noctus.

— En effet, convint Marella. Superbe.

Pour une fois, il sembla satisfait. Mme Pittivier se dit en son for intérieur qu'aucun oiseau pourvu d'un système digestif aussi sophistiqué ne pouvait être foncièrement mauvais.

Jusqu'à ce que les rayures grises de l'aurore éclipsent

la pleine lune, Noctus Alba raconta des fables, celles que les chouettes se transmettaient avec passion depuis le règne immémorial de Glaucis, leur ancêtre à toutes.

— Il y a de cela fort longtemps, à l'âge de Glaucis, existait un ordre de chevaliers venu d'un royaume appelé Ga'Hoole. Chaque nuit, ces seigneurs se dressaient dans les ténèbres pour accomplir de nobles exploits. De leur bec ne jaillissaient que des paroles empreintes de justice. Ils avaient pour seules ambitions de réparer les torts, d'élever les malheureux, de vaincre les orgueilleux et d'affaiblir les tyrans. Le cœur sublime, ils s'envolaient...

Kludd bâilla.

— C'est une histoire vraie ou quoi, Papa ?

— C'est une légende, Kludd.

— Ouais, mais est-ce que c'est vraiment arrivé ? demanda-t-il en trépignant. Sinon, c'est nul !

— Les légendes sont des récits qui résonnent d'abord dans le gésier, puis vibrent dans le cœur au fil du temps. Elles aident à grandir et à devenir meilleur.

2

Une vie qui ne vaut rien

Qui vibrent dans le cœur! Ces mots, prononcés par son père dans un hululement guttural, étaient tout ce dont Soren se souvenait lorsqu'il rebondit en douceur sur un tas de mousse. Étourdi, il se secoua et essaya de se mettre debout. Rien de cassé. Mais comment avait-il atterri là? Il n'avait pourtant pas essayé de voler pendant que ses parents étaient en train de chasser, même pas tenté de sauter dans les branches. Par Glaucis! Il était encore loin d'être «apte au vol», comme disait sa mère. Alors? Ce qu'il savait, c'est qu'il se trouvait au bord du nid en train de scruter le ciel pour apercevoir son papa ou sa maman rentrer et que, l'instant d'après, il dégringolait dans les airs.

Il leva le bec. Le sapin était si haut! En plus, leur maison était quasiment au sommet. Son père avait parlé de vingt mètres ou de trente ? Les nombres n'avaient aucun sens pour lui. S'il ne connaissait pas très bien les chiffres, il était certain d'une chose : il se trouvait dans le pétrin. Et pas qu'un peu ! Des dangers terrifiants le guettaient. Les ennuyeuses leçons dont Kludd se plaignait sans cesse lui revinrent en mémoire. L'horrible avertissement lui tomba de tout son poids sur le crâne : « Un oisillon séparé de son papa et de sa maman avant d'avoir appris à voler et à traquer ses proies ne peut pas survivre. »

Noctus et Marella étaient partis pour un moment, car depuis qu'Églantine avait éclos ils avaient été très occupés et n'avaient pas eu souvent l'occasion de chasser. L'hiver approchait et le besoin de nourriture se faisait sentir. Ce qui signifiait que Soren était seul. Il regarda la cime de l'arbre, voilée par les nuages, et soupira : « Tout seul... Si seul... »

Pourtant, au fond de lui une fragile étincelle d'espoir tremblotait. En basculant, il avait dû faire un truc avec ses ailes presque nues et « capturer l'air », selon l'expression de son père. Il s'efforça de se rappeler cette sensation fugace. Pendant une fraction de seconde, la chute lui avait donné des frissons agréables. Peut-être pouvait-il recapturer cet air? Il souleva les ailes et les agita timidement. Rien. Leur peau à découvert avait la chair de poule dans la brise fraîche d'automne. Il fixa à nouveau l'arbre. Réussirait-il à grimper en se servant de ses serres et de son bec? Il devait réagir vite, ou il se transformerait en pâtée pour raton laveur. Soren faillit s'évanouir rien que d'y penser. Depuis le nid, il avait vu les petits mammifères – des créatures effroyables, avec un masque, une fourrure épaisse et des dents acérées. Bon: un, ne pas paniquer; deux, écouter avec attention, en tournant et renversant la tête, comme ses parents le lui avaient montré. Leur ouïe était si sensible que, depuis le sommet de leur sapin, ils percevaient les battements de cœur d'une souris qui courait dans la forêt. Soren arriverait bien à repérer un raton laveur! Il tordit son cou en arrière et sursauta. Il avait reconnu une voix fluette, râpeuse et familière qui venait d'en haut. «Soren! Soren!» appelait-elle du creux où son frère et sa sœur nichaient. Mais ce n'était ni Kludd ni Églantine.

— Madame Pittivier! cria Soren.

— Soren, es-tu... vivant ? Oh, bien sûr que tu es vivant puisque tu parles. Suis-je bête. Rien de cassé ?

— Je ne crois pas. Comment je fais pour remonter ?

— Oh ! miséricorde ! fit-elle en gémissant.

Elle n'était pas d'un grand secours dans les cas d'urgence. Ce n'était pas le fort des serpents aveugles, supposa Soren.

— Quand est-ce qu'ils vont rentrer, papa et maman ?

— Oh ! peut-être pas avant plusieurs heures, trésor.

Il sautilla jusqu'aux racines du sapin ; elles rampaient à la surface de la terre et s'y enfonçaient comme des griffes crochues. Il distingua Mme Pittivier avec sa tête miniature aux écailles roses et brillantes qui dépassait du nid. À la place des yeux, elle avait deux petits renfoncements.

— Je crains que cette situation n'échappe à mes compétences, se lamenta-t-elle.

— Kludd est réveillé ? Il pourrait peut-être m'aider.

Un long silence précéda la réponse hésitante de Mme P.

— Eh bien, pourquoi pas...

Il l'entendit ensuite déranger Kludd.

— Ne ronchonne pas, Kludd. Ton frère a... il est...
enfin, il a fait une culbute, quoi.

Kludd bâilla.

— Manquait plus que ça.

Il ne semblait pas spécialement inquiet. Bientôt sa
large figure émergea du trou. Son visage en forme de
cœur blanc et ses immenses prunelles noires étaient
rivés sur Soren.

— T'es dans une sacrée mouise, j'ai l'impression, fit-il
d'un ton traînant.

— Je m'en suis rendu compte. Aide-moi. Tu en sais
plus que moi sur le vol. Tu peux m'apprendre ?

— Moi, t'apprendre ? ricana-t-il. Comment tu veux
que je fasse ? T'es malade ou quoi ? Il délire ! Ha ha ! Moi,
lui apprendre !

Son rire moqueur ne découragea pas Soren.

— Je ne suis pas malade. C'est toi qui n'arrêtes pas de
te vanter d'en savoir beaucoup plus que moi.

C'était la pure vérité. Il frimait constamment et écra-
sait son frère de sa supériorité depuis que celui-ci avait
éclos. Il exigeait d'avoir le meilleur coin dans le nid : *môs-
sieur* perdait déjà son duvet, donc il avait plus froid. Et il

pensait mériter les morceaux de souris les plus gras parce qu'il devait prendre des forces pour s'entraîner à voler, etc.

— Tu as déjà eu ta cérémonie du Vol. Explique-moi comment on fait.

— Ça ne s'explique pas: c'est une question de feeling. De toute façon, je ne vais pas piquer le boulot de papa et maman. Ce serait impertinent de ma part d'usurper leur place.

Soren n'avait pas la moindre idée de ce que «usurper» signifiait. Kludd utilisait souvent des termes savants pour lui en mettre plein la vue.

— Qu'est-ce que tu racontes? *Usurper?*

Ce mot ressemblait au bruit qu'il faisait en recrachant une pelote – *glurp, blurp*. Mais quel était le rapport? Le temps filait. Le peu qu'il restait de lumière en cette fin de journée s'effilochait, et les ombres du soir s'abattaient sur eux. Les ratons laveurs n'allaient pas tarder à sortir.

— Je ne peux pas, Soren, décréta Kludd d'un air grave. Il serait totalement déplacé pour une jeune chouette, telle que moi-même, d'assumer ce rôle dans ta vie.

— Ma vie ne va plus valoir grand-chose si tu ne fais

rien. Tu ne trouves pas que c'est encore plus déplacé de me laisser mourir ? Que diront papa et maman ?

— Ils comprendront très bien.

Grand Glaucis ! *Ils comprendront très bien.* Kludd était devenu cinglé ! Soren était atterré. Si abasourdi qu'il en resta muet.

— Je vais chercher du secours chez Hilda, couina Mme P.

Hilda était un autre serpent domestique ; elle travaillait pour une famille de chouettes qui vivait au bord du fleuve.

— Je n'en ferais rien si j'étais vous, P.

La voix de son frère était si autoritaire que Soren sentit son gésier frémir.

— Ne m'appelle pas P., c'est très malpoli.

— Ne vous mêlez pas de ça, P. Et gardez vos leçons de courtoisie pour vous.

Soren cligna des yeux.

— J'y vais, Kludd, et ce n'est pas toi qui vas m'en empêcher, rétorqua-t-elle avec fermeté.

— Ah bon ?

Soren entendit un froissement de feuilles. Par Glaucis, que se passait-il là-haut?

— Madame Pittivier?

Plus rien.

— Madame Pittivier?

Elle était peut-être partie voir Hilda? Il n'avait plus qu'à attendre et espérer.

Il faisait presque nuit maintenant. Aucun signe de Mme Pittivier. Une bise glaciale s'était mise à souffler. «Les dents de l'hiver» – voilà comment Noctus surnommait les vagues de froid précoces. Le pauvre Soren grelotta. Quand son père avait employé cette formule devant lui pour la première fois, il ignorait encore ce qu'étaient des dents. Noctus lui avait alors décrit ces petits os que les chouettes n'avaient pas, contrairement à la plupart des animaux, et qui servaient à déchiqueter et à écrabouiller les proies.

— Est-ce que Mme Pittivier en a? avait-il demandé.

Mme P. avait eu un hoquet de dégoût.

— Bien sûr que non, avait répondu Marella.

— Quelle tête ça a?

— Hmm... Imagine une gueule remplie de becs... oui, de minuscules becs très pointus.

— Brr... Ça fait peur.

— Elles peuvent être effrayantes, avait continué sa mère. Voilà pourquoi il ne faut pas que tu tombes, ni que tu essayes de voler avant d'être prêt, car les ratons laveurs ont des dizaines de dents aiguisées.

— Vois-tu, avait ajouté Noctus, nous n'en avons pas besoin, nous. Nos gésiers se chargent de tout. Et tant mieux. Mâcher les aliments, quelle horreur! C'est franchement répugnant.

— Il paraît que ça renforce le goût, chéri, avait dit Marella.

— Et mon gésier, alors? Il ne me donne pas de sensations fortes, peut-être? D'où crois-tu que provienne cette vieille expression: «C'est mon gésier qui me le dit»? Ou encore: «Avoir le gésier creux»?

— Noctus, je ne sais pas si on peut comparer.

— Prends cette souris que nous avons eue pour dîner: mon gésier est si sensible que je suis capable de retracer son itinéraire. Elle avait dégusté l'herbe tendre de la prairie et, après, elle avait grignoté les glands du jeune arbre de Ga'Hoole qui pousse en bordure du fleuve. Par Glau-cis! Qu'est-ce que des dents pourraient me révéler de plus?

Soren songeait avec tristesse qu'il n'assisterait peut-être plus jamais aux chamailleries de ses parents. Un mille-pattes rampa à côté de lui et il ne s'en soucia même pas. L'obscurité progressait. La nuit noire envahit bientôt le paysage et il discernait à peine les étoiles à travers les troncs rapprochés. C'était le comble. Comme le nid lui manquait!

De là-haut, il arrivait toujours à apercevoir un bout de ciel. Il admirait les astres scintillants, les cumulus qui fai-saient la course. Le jour, un beau carré turquoise se découpait et, parfois, juste avant le crépuscule, les nuages se teintaient d'orange vif ou de rose. À terre, il régnait une odeur étrange, d'humidité stagnante et de pourri, tandis qu'en hauteur, le vent sifflait entre les branches, entre les feuilles et les aiguilles du sapin... Un calme si profond était trop angoissant. Cet endroit silencieux n'était pas fait pour les chouettes. Tout y était différent.

S'il avait eu ne serait-ce que quelques plumes, il les

aurait fait gonfler pour retenir la chaleur de son duvet. Il envisagea un instant d'appeler Églantine. Mais à quoi cela servirait-il? C'était encore un bébé. De plus, il risquerait d'attirer d'autres créatures de la forêt... des créatures avec des dents! Non, il ne donnait pas cher de sa vie... Et surtout, il désirait voir ses parents, si fort qu'il en était malade.

3

Kidnappé !

S oren rêvait de dents, de battements de cœur de souris, lorsqu'il entendit un léger froufrou au-dessus de lui.

— Maman ! Papa ! gémit-il dans un demi-sommeil.

Il regretterait toujours d'avoir prononcé ces deux mots, car, soudain, un cri perçant déchira la nuit et il fut happé par des serres puissantes.

Ils allaient vite, très vite. Soren n'aurait jamais cru qu'on puisse voler à une telle allure. Ses parents n'étaient pas si rapides. Il les avait observés quand ils décollaient ou revenaient dans le creux de l'arbre : ils glissaient lentement dans le ciel et s'élevaient par de belles et souples spirales. Là, la terre défilait à toute vitesse et l'air cinglant le ballottait dans tous les sens. La lune s'était dégagée d'épais nuages pour jeter sur le monde une lumière glauque et blafarde. Il chercha son nid dans le paysage, mais il était impossible de distinguer un arbre avec précision, juste de vagues bosquets. Puis la forêt du royaume de Tyto devint de plus en plus petite et floue. Écœuré, Soren arrêta de regarder.

Les pattes de la chouette qui l'avait attrapé étaient recouvertes d'une imposante broussaille de plumes, et elle était énorme. Était-ce d'ailleurs vraiment une chouette ? Au sommet de son crâne, au-dessus de chaque œil, elle avait une sorte de touffe ; ça lui faisait comme une deuxième paire d'ailes. Au moment où il se disait que c'était le spécimen le plus bizarre qu'il ait jamais vu, elle baissa les yeux sur lui. Ils étaient jaunes ! Incroyable. Dans sa famille, tout le monde les avait sombres, presque noirs. Les amis de Noctus et Marella, qui passaient à l'occasion, les avaient bruns, avec chez certains un soupçon de doré tirant sur le fauve. Mais jaunes ? Ce n'était pas normal, pas normal du tout.

— Surpris ?

Soren était trop sonné pour répondre.

— C'est l'éternel problème avec ceux de Tyto : vous ne

44

rencontrez que des individus de votre espèce, de vulgaires effraies, toutes identiques.

— C'est faux! rétorqua-t-il.

— Tu oses me contredire!

— Je connais des effraies masquées et ombrées. Des chouettes baies aussi. Et parmi les meilleurs amis de mes parents, il y a des effraies des prairies.

— Imbécile! tonna la chouette. Ce sont toutes des Tyto.

«Imbécile»? Les adultes n'étaient pas censés parler ainsi, surtout à un petit. C'était méchant. Il décida de se taire et de l'ignorer.

— J'ai peur qu'on ait affaire à un jeune hagard.

Soren inclina un peu la tête pour voir à qui son ravisseur s'adressait.

— Ah! Par Glaucis! Souvent, je me demande si le jeu en vaut la peine, répliqua un autre mâle.

Les prunelles de celui-ci étaient plus foncées et ses plumes étaient tachetées de marron, de gris et de blanc.

— Allons, Scrogne, ce n'est jamais inutile. Ne lance pas un truc pareil devant Hulora. Tu aurais un blâme et on aurait encore droit à un de ses interminables sermons. «Changez d'attitude, soyez positifs...» et gna gna gna...

Ledit Scrogne était curieux dans son genre. Il était un peu moins grand et sa voix plus douce, plus cuivrée. Il fallut bien une minute à Soren pour s'apercevoir qu'il tenait également quelque chose dans ses serres : une bête dont la forme n'était pas très différente de la leur, à part qu'elle était minuscule, à peine plus grosse qu'une souris. La bête cligna des yeux. Jaunes, eux aussi ! Soren dut se retenir de vomir.

— Ne dis rien ! murmura cette mini-chouette. Attends !

Attendre quoi ? s'interrogea-t-il. Mais tout à coup d'autres battements d'ailes résonnèrent dans la nuit. Ils étaient rejoints par de nombreux adultes, chacun portant un oisillon entre ses griffes. Celui qui agrippait Soren émit alors un drôle de bourdonnement. Ses camarades l'imitèrent peu à peu et une étrange musique emplit le ciel.

— Ils entonnent leur hymne, expliqua-t-elle. Quand ils chanteront plus fort, on pourra bavarder.

Soren écouta les paroles.

Saint-Ægolius, gloire à toi!
Tu es notre mère et notre loi.
Tes sujets loyaux t'en font le serment,
Toujours, dans nos cœurs,
Ta bannière splendide flottera fièrement.

Chaque jour nous rendons hommage
À tes serres d'or, à ton ramage.
En toi nous plaçons tous nos espoirs,
Ô notre guide, notre modèle,
Nous étendrons ton règne, éternelle sera ta gloire.

Dès que les hululements enflèrent au clair de lune, la petite bête entama la conversation.

— Je te conseille d'éviter de discuter avec eux. Tu t'es déjà fait remarquer et classer parmi les « hagards », les indomptables. Tu parles trop.

— Qui es-tu? Tu es de quelle espèce? Pourquoi tes yeux sont jaunes?

— Il remet ça... Bien que ce ne soit pas le moment, je vais quand même te répondre. Je suis une chevêchette elfe et mon nom est Gylfie.

— Je n'ai jamais rencontré d'oiseaux comme toi à Tyto.

— On vit dans les hauts plateaux désertiques de Kunir.

— Tu vas grandir ?

— Non, c'est ma taille définitive.

— Tu es si petite... Pourtant, tu as presque toutes tes plumes.

— Oui, c'est ça le plus moche dans l'histoire : j'ai eu ma première leçon de vol il y a une semaine.

— Tu as quel âge ?

— Vingt nuits.

— Vingt ! s'exclama Soren. Comment peut-on voler aussi jeune ?

— Les chevêchettes elfes sont prêtes à vingt-sept ou trente nuits.

— C'est beaucoup soixante-six ?

— Énorme !

— Moi, je suis une chouette effraie et on doit patienter tout ce temps avant de pouvoir voler. Qu'est-ce qui t'est arrivé ? Comment tu t'es fait prendre ?

Gylfie marqua une pause.

— Quelle est *la* chose que tes parents te disent sans cesse de ne pas faire ?

— Essayer de décoller avant d'être prêt ?

— Ben voilà. Et je suis tombée.

— Je ne comprends pas. Tu n'avais plus qu'une semaine à attendre.

Soren ne se rendait pas vraiment compte de ce que cela représentait, pas plus que vingt-sept nuits, mais en tout cas c'était beaucoup moins long que soixante-six.

— Oui, c'était idiot. La sagesse pousse moins vite que les rémiges[1]... Et toi ?

— Je ne sais pas trop ce qui s'est passé. J'ai basculé du nid.

À l'instant où il prononça cette phrase, un obscur malaise s'empara de lui. Il avait son idée, en réalité. Il ne se souvenait pas très bien, cependant il se doutait de ce qui s'était produit. Un mélange de terreur et de honte l'envahit. Une angoisse insupportable bouillait à l'intérieur de son gésier.

---

1. Découvrez l'anatomie d'une chouette à l'aide du croquis de la page 277.

4

La pension Saint-Ægolius pour chouettes orphelines

Lorsque les adultes descendirent en spirale, Soren se décida à regarder en bas. Il n'y avait pas un arbre, pas un ruisseau, pas un pré. À la place, de gigantesques pointes rocheuses se hérissaient, traversées de ravins et de canyons déchiquetés. Il en déduisit qu'ils avaient quitté le royaume de Tyto.

Ils plongèrent en cercles toujours plus serrés, avant d'atterrir sur le sol pierreux d'un défilé abyssal et étroit. Même si Soren voyait encore le ciel, ce dernier lui parut plus loin que jamais. Le vent sifflait tout en haut et balayait les reliefs âpres de cet univers rocailleux. Mais son rugissement fut bientôt couvert par une voix tranchante.

— Bienvenue, oisillons. Bienvenue à Saint-Ægolius, votre nouvelle demeure. Vous découvrirez ici la vérité et un but à poursuivre dans la vie. Voilà notre devise : « Suivez le chemin de la vérité et le sens de votre vie vous sera dévoilé. »

Une immense femelle grand duc tout ébouriffée les scrutait de ses prunelles jaunes, au-dessus desquelles se dressaient deux aigrettes. À la base de son aile gauche, ses plumes écartées révélaient un vilain triangle de chair avec une cicatrice blanche et irrégulière. Elle était perchée sur un rocher en saillie dans le ravin de granit, où les petits étaient rassemblés.

— Je suis Crocus, l'Ablabbesse supérieure de Saint-Ægolius. Mon rôle est de vous montrer la voie. À la pension, les questions sont déconseillées car nous estimons qu'elles détournent souvent de la vérité. À présent, vous êtes des orphelins.

Soren était déboussolé. D'abord, il avait toujours posé des questions. Et surtout, il n'était pas orphelin ! Il avait son père et sa mère – pas ici, d'accord, mais quelque part dehors. Comment cette Crocus, cette Ablablablabbesse ou peu importait son titre, osait-elle prétendre qu'il était orphelin!

— Nous vous avons sauvés. À Saint-Ægo, nous vous offrirons tout ce dont vous avez besoin pour devenir les humbles et dévoués serviteurs d'une cause supérieure.

Soren n'avait jamais rien entendu d'aussi scandaleux. Il n'avait pas été sauvé, on l'avait kidnappé! Sinon, ces chouettes l'auraient ramené au nid de sa famille. Et c'était quoi au juste, une cause supérieure?

— Il existe de nombreux moyens de se consacrer à cette noble cause. Nous trouverons celui qui vous convient le mieux et qui correspond le plus à vos aptitudes personnelles.

Crocus plissa les yeux jusqu'à ce qu'ils ne soient plus que deux fentes ambrées et brillantes au milieu de ses plumes.

— Je suis certaine que chacun et chacune d'entre vous a quelque chose de spécial.

Cette phrase déclencha un concert de hululements:

> *Afin de déceler sa spécialité,*
> *Le secret, c'est l'humilité.*

Mettre de côté son ego,
Pour servir ses idéaux,
Tel est le généreux enseignement de Saint-Ægo.

À la fin de cette brève chanson, Crocus sauta de son perchoir de pierre. Elle fixa les poussins un à un avec sévérité.

— Vous venez d'embarquer dans une aventure excitante, jeunes orphelins. Dès que je vous donnerai congé, vous serez conduits à l'un de nos quatre *glaucidium*, où deux événements majeurs auront lieu: vous recevrez votre numéro matricule, ainsi que votre première leçon sur la position correcte pour dormir. Ensuite. vous serez initiés à la marche du sommeil. Ces étapes vous mèneront à la cérémonie de la Spécialité, mais nous verrons cela plus tard.

Ce discours n'était que du charabia pour Soren. Un matricule? Des *glaucidium*? Depuis quand une chouette devait-elle apprendre à dormir? La nuit, qui plus est! Et cette histoire de « marche du sommeil » était bien mystérieuse... Alors qu'il sombrait dans un abîme de perplexité, il se sentit doucement poussé avec d'autres «orphelins» et fut séparé de la chevêchette nommée Gylfie. Il tourna sa tête presque à 180 degrés pour la chercher et lorsqu'il l'aperçut, il leva son aile de bébé pour la saluer; mais elle ne le vit pas. Elle regardait droit devant.

La file de Soren emprunta une série de gorges profondes. Cette «Pension Saint-Ægolius pour chouettes orphelines» était un véritable labyrinthe de roches, un monde de pistes embrouillées composé de fissures, de cols et de brèches. Soren eut le cœur serré à l'idée qu'il pourrait ne plus revoir sa copine chevêchette ou, pire, qu'il serait incapable de remonter ce dédale à l'envers pour regagner la forêt de Tyto, avec ses arbres majestueux et ses rivières étincelantes.

Ils s'arrêtèrent enfin dans une large fosse circulaire. Une chouette blanche au plumage très épais, percé de deux billes dorées quasi fluorescentes, s'avança en se dandinant.

— Je suis Finnie, la gardienne de votre foyer, dit-elle en gloussant. Certains me surnomment leur «ange gardienne».

En voilà une qui était tout miel avec les nouveaux arrivants.

— J'aimerais beaucoup que vous m'appeliez Tatie.

« Tatie ? Pourquoi je l'appellerais Tatie ? » s'interrogea Soren. Mais il se souvint qu'il était interdit de poser des questions.

— Quant à moi, je devrai bien sûr vous désigner par votre matricule, que vous connaîtrez prochainement.

— Ouais ! Super ! s'écria une femelle tachetée à côté de Soren.

Cette fois, la consigne lui échappa.

— Pourquoi tu veux un matricule ?

— Hortense, murmura-t-elle. Tu voudrais d'un prénom pareil, toi ? Maintenant, chut. N'oublie pas : pas de question.

— Si vous êtes de gentils poussins, et que vous retenez bien les leçons d'humilité de la pension, continua Finnie, alors vous obtiendrez le grade le plus élevé dans votre spécialité, ainsi que votre vrai nom.

« Mais, mon vrai nom, c'est Soren, celui que mes parents ont choisi. » Ces mots résonnaient dans son crâne et son gésier frémissait de révolte.

— À présent, mettez-vous à la queue leu leu pour

notre cérémonie du Matricule et je vous distribuerai un délicieux goûter.

Le groupe comptait une vingtaine d'oisillons et Soren était à peu près au milieu. Il observa Tatie Finnie – qui, d'après Hortense, était un harfang des neiges – déposer devant chacun un bout de souris dont elle avait ôté la fourrure.

— Toi, tu seras 12-6. Quel joli matricule, mon chou!

Chaque numéro était soit «joli», soit «mignon», soit «charmant». Finnie s'inclinait sur l'orphelin qui venait d'être numéroté et lui tapotait affectueusement le dos. Elle avait toujours une plaisanterie ou un trait d'esprit au bec. Soren commençait à se dire que la situation aurait pu être pire, et à espérer que Gylfie avait une gardienne aussi sympathique, lorsque l'énorme hibou aux longues aigrettes, le mâle qui l'avait enlevé et traité d'imbécile, atterrit près du harfang. Le sang de Soren se glaça d'effroi quand il riva ses pupilles sur lui. Il se pencha pour chuchoter quelque chose à l'oreille de Finnie. Cette dernière hocha la tête et étudia la jeune effraie avec attention, sans perdre son air attendri. Ils discutaient de lui, c'était certain. Il avait tellement peur qu'il en était paralysé. Il faudrait pourtant qu'il parvienne à bouger les pattes car il ne restait plus que quatre camarades devant lui.

— Enchantée, trésor, roucoula-t-elle quand ce fut son tour. J'ai un numéro très particulier, rien que pour toi!

Devant le silence de Soren, elle reprit:

— Tu ne veux pas savoir ce que c'est?

«C'est un piège, pensa-t-il. Les questions sont mal vues. Je ne dois rien demander.» Et c'est précisément ce qu'il lui répondit:

— Je ne dois pas poser de question.

Une lumière chaude comme l'éclat du topaze ruisselait des yeux de Finnie. Soren eut un moment de confusion.

— Tu sais, lui susurra-t-elle, je suis moins stricte que les autres. Je t'en prie, si tu as besoin d'éclaircissements, n'hésite pas. Rappelle-toi juste de parler à voix basse. Tiens, voici un morceau de viande supplémentaire. Ton nombre sera...

Elle soupira et son visage de neige rayonna.

— ...mon préféré: 12-1! N'est-ce pas formidable? Un numéro exceptionnel pour un oisillon hors du commun!

Je suis persuadée que tu découvriras bientôt ton talent caché.

— Merci, bredouilla-t-il, un peu décontenancé mais soulagé que la méchante chouette n'ait pas trop noirci le tableau à son sujet.

— Merci qui? fit-elle. Tu vois, moi aussi, je pose des questions parfois!

— Heu... Merci, Finnie?

À cet instant, Soren perçut un léger agacement au fond de ses prunelles dorées.

— Essaie encore. Allez... regarde-moi dans les yeux.

Soren se laissa hypnotiser par la lueur jaune.

— Merci, Tatie.

— Voilà, chéri. La vieille couveuse que je suis a ses petites habitudes. J'adore qu'on m'appelle Tatie.

Soren ignorait ce qu'était une couveuse, mais il accepta la viande sans un mot et suivit la chouette qui l'avait précédé en direction du *glaucidium*. Escortés par deux gros hiboux marron, ils atteignirent un nouveau canyon encaissé, rempli d'oisillons en train de dormir. Le clair de lune les inondait et donnait à leurs plumes des reflets argentés.

— Vous deux, dans le rang ! aboya un adulte perché au-dessus d'une crevasse.

— Vous !

Une chouette rondouillarde se ruait vers Soren. Son cœur s'emballa lorsqu'il s'aperçut que c'était une effraie : ce visage en forme de cœur blanc et cet œil noir si familier, les mêmes que ceux de ses parents, auraient dû le rassurer. En vérité, ils le terrorisèrent.

— Courez à vos places et préparez-vous à prendre la position du sommeil.

Ces instructions, pourtant délivrées dans le cri râpeux typique des chouettes effraies, ne firent rien pour le réconforter.

Les deux hiboux moyens ducs qui les avaient accompagnés prirent la parole. Leurs aigrettes hérissées étaient agitées de tressaillements nerveux, ce que Soren trouvait très déstabilisant. Ils s'exprimaient à tour de rôle, par des *wouh* secs et gutturaux encore plus dérangeants que les cris secs de Crocus ; leurs échos cuivrés grondaient dans les poumons de Soren et vibraient dans tout son corps.

— Je suis Casus, dit l'un d'eux. J'avais un numéro, autrefois, avant d'obtenir mon nom.

— Qu...

Soren ravala sa curiosité.

— J'ai vu une question naître sur ton ignoble bec, 12-1!

Le dernier *wouh* tambourinait si fort dans la poitrine de Soren qu'il crut que son cœur allait exploser.

— Premièrrrre mise au point, poursuivit Casus dans un hululement presque insupportable. À Saint-Ægo, les mots qui commencent par le son *qu* sont bannis. Ils introduisent des interrogations et trahissent une mauvaise éducation, trop indulgente envers la paresse et le caprice. Les questions nourrissent peut-être l'imagination, mais elles affament nos qualités naturelles : la robustesse, l'endurance et l'abnégation. Nous ne sommes pas ici pour vous dorloter et les déluges de termes en *qu* ne seront pas tolérés. Ils sont considérés ici comme des jurons et nous punissons les coupables par les sanctions les plus dures.

Le regard de Casus s'arrêta sur les ailes de Soren.

— Nous sommes ici pour faire de vous des vraies chouettes et des vrais hiboux. Plus tard, vous nous remercierez.

Soren faillit s'évanouir de frayeur. Ces deux individus

étaient si différents de Finnie. Enfin, de Tatie. Casus termina son discours sur un ton apaisé.

— Mon frère va s'adresser à vous.

Un timbre identique résonna.

— Je suis Belli. Moi aussi, jadis, j'avais un matricule. Vous allez à présent adopter la position du sommeil. C'est très simple : tenez-vous raides, le bec levé et pointé vers la lune. Il y a dans ce *glaucidium* des centaines de poussins. Tous ont appris à dormir de cette manière. Vous y arriverez, vous verrez.

Soren chercha désespérément Gylfie autour de lui. Il ne reconnut qu'Hortense, ou plutôt 12-8, dans une posture exemplaire – comme si elle avait fait ça toute sa vie. Il devinait par l'immobilité de son crâne qu'elle s'était assoupie sous les dards violents de la pleine lune. Il repéra également une arche en pierre qui conduisait vers ce qu'il supposait être un autre *glaucidium*. Une foule d'oisillons y marchait en file ; il voyait leurs becs remuer, mais impossible d'entendre ce qu'ils disaient.

— Il est formellement interdit, expliquait Casus, de garder la tête sous l'aile, penchée sur le ventre ou tordue en arrière, ainsi que la plupart d'entre vous y êtes accoutumés.

Au moins sept mots en *qu* moururent d'affilée dans la gorge de Soren.

— Une position non conforme est châtiée selon les méthodes les plus rigoureuses.

— Pour s'assurer que cette consigne est respectée de tous, des surveillants font des rondes dans le *glaucidium*.

Le duo de Casus et de Belli semblait réglé à la perfection. Ils l'avaient sans doute répété à de maintes occasions.

— Une alarme sonne à intervalles réguliers. À ce bruit, tous les petits entament la marche du sommeil.

— Pendant cette procession, vous devez prononcer votre ancien prénom en boucle. Lorsque la seconde alarme retentit, vous stoppez où vous êtes. Énoncez alors votre matricule une fois, rien qu'une, et remettez-vous en position.

Les deux frères hululèrent ensuite à l'unisson :

— Maintenant, dormez !

Soren s'y efforça. Vraiment. Toutefois, quelque chose, une sorte de crispation, l'en empêchait. La clarté de la pleine lune baignait la moitié du *glaucidium*. On aurait dit que ses rayons étaient de fines aiguilles d'argent qui lui perforaient le cerveau et s'enfonçaient jusque dans son gésier – qu'il devait avoir très sensible, comme son papa. Mais contrairement à Noctus, ce n'était pas la saveur de l'herbe tendre dégustée par sa proie qu'il goûtait. C'était la peur.

❦ ❦ ❦

Il ignorait combien de minutes s'étaient écoulées quand une alarme marqua le début de sa première procession. Il suivit ses camarades en rabâchant son prénom, puis il s'arrêta dans l'ombre de l'arche et soupira. L'horrible sensation de piqûre cessa aussitôt. Il redevint calme et alerte – bref, il retrouva un état normal pour un oiseau nocturne. Hortense était juste devant lui.

— Hortense ?

Elle lui jeta un regard vitreux et se mit à trépigner comme si elle voulait avancer. Un surveillant fondit sur elle.

— Pourquoi piétines-tu, 12-8 ? Reprends la position.

Elle dressa instantanément le bec. Soren l'observa du coin de l'œil. Bizarre, pensa-t-il. Elle réagissait à son

63

matricule ; en revanche, si on l'appelait par son nom, elle se contentait de gigoter les pattes. Toujours incapable de dormir dans cette attitude inconfortable, il tournait le cou pour examiner l'arche lorsqu'il avisa Gylfie de l'autre côté – trop tard ! Le cri aigu et déchirant de la sonnerie s'éleva. Il n'avait pas eu le temps de dire ouf ! qu'il était bousculé vers l'avant, tandis que des milliers de jeunes chouettes attaquaient une nouvelle procession. En quelques secondes, un murmure confus monta jusqu'au ciel.

Soren finit par comprendre que leur parcours retraçait l'itinéraire de la lune autour du *glaucidium*. Ils étaient si nombreux qu'ils ne logeaient pas dans la partie éclairée de l'étrange dortoir. C'est pourquoi ils profitaient par intermittence d'un répit sous l'arche. Peut-être y recroiserait-il Gylfie au prochain tour ? Dans ce cas, il tenterait coûte que coûte de s'approcher d'elle.

Il dut attendre que l'alarme sonne encore trois fois, et passer trois interminables processions à bredouiller sous les étoiles avec un terrible pincement au gésier.

— 12-1, plus haut le bec !

Un surveillant lui flanqua une claque sur le sommet du crâne. Hortense était toujours là ; elle marmonnait :

— 12-8, quel numéro fantastique ! 12-8, génial ! J'adore les 2, les 4 et les 8. C'est... lisse.

— Hortense, murmura Soren.

Ses serres bougèrent vaguement – rien de plus.

— Hort' ! Hortie ! essaya-t-il.

Mais la chouette tachetée était perdue dans un sommeil sans rêve.

Soren pénétra enfin dans la zone protégée par l'arche. Il se glissa avec discrétion vers le *glaucidium* voisin, avant que les surveillants assènent leur ordre :

— Maintenant, dormez !

Gylfie était bien là. La minuscule chevêchette pivota la tête dans sa direction.

— Ils nous « déboulunent » le cerveau, chuchota-t-elle.

5

Le grand embrouillamini

— **Q**uoi? Soren était si occupé à savourer son mot en *qu* qu'il en oublia presque d'écouter la réponse.

— Tes parents ne t'ont pas averti des périls encourus à cause de la pleine lune? demanda Gylfie.

— C'est quoi la pleine lune?

— Quand as-tu éclos?

— Il y a trois semaines, je crois. En tout cas, c'est ce qu'ils m'ont dit.

En fait, il n'était toujours pas très sûr de ce que représentait une semaine.

— Voilà qui explique tout. Et à Tyto, les arbres sont très hauts, n'est-ce pas?

— Oh! oui. Il y en a des millions. Ils sont larges avec

de belles aiguilles, des cônes et des feuilles qui prennent des tons dorés, rouges et verts parfois.

Il ne les avait jamais vues autrement que dorées et rouges, mais son papa et sa maman lui avaient affirmé qu'elles étaient vertes à une certaine époque de l'année: l'été. Kludd était né vers la fin de cette période.

— Moi, j'ai plus de trois semaines. J'ai éclos après la nouvelle lune.

Même s'ils continuaient de parler très doucement, en gardant la position du sommeil, les deux petits avaient de moins en moins envie de dormir.

— La nouvelle lune? C'est quand?

— Tu sais, la lune s'en va et elle revient. Au départ, on n'aperçoit qu'une ligne qui scintille, plus fine qu'une plume. Ensuite, elle grossit chaque nuit jusqu'à ce qu'elle soit ronde et qu'elle brille fort comme maintenant. Elle peut rester ainsi pendant trois ou quatre jours. Après elle rétrécit, au point qu'elle redevient aussi étroite qu'un poil de duvet. Et puis elle disparaît durant quelque temps.

— Non? Je ne m'en étais jamais rendu compte.

— Tu ne l'as sans doute pas remarqué parce que ton

nid était dans un arbre immense, au milieu d'une épaisse forêt. Tandis que, nous, les chevêchettes elfes, nous vivons dans les déserts. Il n'y a pas tant de végétation et elle est moins touffue. En général, le ciel est visible en entier.

— Ouah!

— C'est pourquoi on nous apprend à nous méfier de la pleine lune. Bien que la plupart des chouettes et hiboux se reposent le jour, il arrive, surtout après une longue chasse, qu'on soit fatigué et qu'on récupère la nuit. Cela peut se révéler très dangereux si on ne se met pas à l'abri de la lumière : elle embrouille l'esprit.

— Comment?

— Je n'en sais rien. Mes parents ne m'ont pas donné de détails. Mais je peux te dire qu'elle a été fatale au vieux Roquemore... Il n'avait plus ses repères. Gauche, droite, en haut, en bas : il ne voyait plus la différence. Il s'est tué en se faisant le coup du lapin alors qu'il croyait décoller du sommet d'un cactus.

La voix de Gylfie se brisa et elle réprima un sanglot.

— Il voulait s'élancer vers les étoiles et il s'est écrasé par terre. C'est le problème avec le déboulunage. Quand tu es ébloui par le clair de lune, tu ne distingues plus la réalité de l'illusion, le vrai du faux.

— C'est affreux! On va finir comme lui?

— Pas si on peut l'empêcher.

— Comment on va faire?

— Laisse-moi y réfléchir. En attendant, incline un peu la tête pour que la lune ne tape pas trop dessus. Et souviens-toi: il n'y a aucun risque à voler par une nuit de pleine lune, c'est dormir dessous qui peut avoir des conséquences désastreuses.

— De toute façon, je ne sais pas voler, soupira Soren.

— Oui... Eh bien, débrouille-toi déjà pour ne pas roupiller.

Il pencha le crâne, tout en lorgnant la jeune chevêchette. Elle était si minuscule qu'elle atteignait à peine l'extrémité de son aile. Comment une telle créature pouvait-elle être si intelligente? Il espérait de tout son cœur qu'elle allait trouver une solution.

— 12-1, bec en l'air! beugla le surveillant.

Une fois de plus, celui-ci ponctua sa réprimande d'une gifle. Dès qu'il s'éloigna, Soren et Gylfie reprirent leurs messes basses. Mais l'implacable alarme sonna bientôt.

Il leur faudrait accomplir trois circuits complets avant de pouvoir à nouveau bavarder sous l'arche.

— Rappelle-toi ce que je t'ai dit : ne dors pas.

— Je suis épuisé. Comment je vais me retenir ?

— Pense à quelque chose.

— À quoi ?

— Peu importe, bredouilla-t-elle avant d'être entraînée par ses camarades. Au vol, par exemple !

Oui ! Bien sûr, voilà qui le tiendrait éveillé. Il n'existait rien de plus excitant. L'ennui, c'est que l'éternelle répétition de son prénom l'abrutissait et le déconcentrait.

— Soren... Soren... Soren...

Cette rengaine se mêlait au cliquetis de milliers de griffes sur la pierre tandis que les poussins avançaient en rangs. Soren était intercalé entre Hortense et un hibou dont il ne réussissait pas à discerner le nom dans le ronron monotone. Trois harfangs des neiges les précédaient. Il devait y avoir une vingtaine, voire plus, d'oisillons dans chaque groupe. Ils formaient des colonnes assez irrégulières, et pourtant ils défilaient et marmonnaient en harmonie, comme une seule chouette – impossible de détacher le moindre mot. D'ailleurs, dès la quatrième procession, son propre nom prit une résonance étrange à ses oreilles. Quand il l'eut répété encore une bonne centaine de fois, il eut l'impression que ce n'était plus qu'un bruit quelconque. Et que lui aussi était en train de se transformer en être insignifiant, sans identité, sans famille mais... avec une amie, peut-être ?

Ils s'arrêtèrent et, dans le silence soudain, Soren eut une révélation. C'était évident ! Surtout après ce que Gylfie lui avait expliqué au sujet du déboulunage. Il tenait l'idée géniale qui lui permettrait de rester éveillé avant leur prochaine rencontre.

Il se rapprocha à petits pas de la chevêchette, sous le portail de roche. Depuis leur refuge, ils ne voyaient resplendir que les étoiles.

— Ils nous embrouillent avec nos noms, Gylfie ! murmura-t-il.

Elle comprit immédiatement : un même mot, rabâché à tout bout de champ, finissait par perdre son sens.

— Bouge le bec ou prononce ton matricule, mais ne dis pas ton prénom. Comme ça, il sera toujours intact.

Gylfie contemplait Soren, abasourdie. Cette chouette effraie, d'apparence ordinaire, était exceptionnelle dans son genre. Son plan était très ingénieux. Plus que jamais, elle fut résolue à découvrir de son côté une parade au déboulunage.

6

Unis dans l'adversité

Au moment de se quitter, Soren et Gylfie se regardèrent en clignant des yeux, tremblants de peur. Ils auraient pu cogiter à deux et établir une stratégie, si seulement ils avaient partagé le même foyer. Gylfie avait un peu décrit le sien à Soren. Elle aussi avait un gardien très gentil, comparé à Casus, Belli ou Crocus. Il se faisait appeler « Tonton » et il la chouchoutait. Il lui offrait parfois de la viande de serpent en dehors des repas et il s'adressait souvent à elle par son prénom plutôt que par son matricule 25-2. En résumé, d'après ce qu'elle racontait, Tonton se comportait exactement comme Finnie.

— C'était trop bizarre. Au début, je lui disais « monsieur » et il s'est écrié : « Monsieur ! Pourquoi tant de formalités entre nous ? Allons ! Tu te souviens de ce que je t'ai demandé tout à l'heure ? » Alors j'ai répondu : « De vous appeler mon oncle?» et il a fait: «Voyons... je t'ai donné mon petit nom.»

Soren essayait d'imaginer ce hibou grand duc se baisser très bas pour être à la hauteur de la chevêchette, avec ses deux énormes aigrettes en forme de cornes au ras du sol.

— Les gardiens font des efforts et des entorses au règlement pour nous, mais ils filent quand même un peu les jetons, non?

— Carrément! s'exclama Gylfie. Il a attendu que je lâche le mot «Tonton» pour me tendre des morceaux de serpent. Ah! Je me rappelle ma cérémonie du Serpent comme si c'était hier! Papa avait mis les sonnettes de côté pour qu'on puisse jouer avec, ma sœur et moi. Et tu sais quoi? On aurait cru que Tonton lisait dans mes pensées parce qu'il a chuchoté: «Qu'est-ce que tu dirais de sonnettes en guise de joujoux?» Et je l'ai remercié – je l'ai beaucoup remercié. C'en était écœurant, Soren.

Il comprenait très bien ce qu'elle ressentait.

Puis ils furent séparés. Soren, dans son coin, priait très fort pour que les réflexions de Gylfie portent leurs fruits, tandis que celle-ci, gavée de viande de serpent, commençait à somnoler. Elle ignorait si c'était par bonté ou pour l'entortiller, mais toujours est-il que Tonton l'avait autorisée à faire une brève sieste. Cependant, elle n'avait pas pu dormir. Elle se tenait à la frange du sommeil, engourdie par un succulent et copieux festin, et dès qu'elle était sur le point de sombrer, sa conscience ralentie était mystérieusement alertée. Dans la fosse voisine, Soren était archiconcentré : « Allez, Gylfie ! Je suis avec toi ! »

Tatie s'était montrée adorable au retour de Soren. Elle avait prétendu qu'elle n'avait jamais vu un poussin aussi fatigué.

— Tu n'as pas fermé l'œil, hein ?

— Non, Tatie, se plaignit-il.

— Écoute-moi. Va te cacher dans cette niche, là-bas au milieu du rocher ; elle fait pile tes dimensions et tu y seras à l'abri des regards indiscrets pour piquer un somme.

— Pour dormir, vous voulez dire ? Oh ! pardon d'avoir posé une question.

— Ce n'est pas grave, trésor. Nous appliquerons les consignes à la lettre plus tard.

— Mais on est censés se préparer à aller travailler.

— À quoi servent les règles sinon à être enfreintes de temps en temps? À mon avis, ils devraient être plus souples avec vous à votre arrivée. Vous n'êtes que des orphelins, grand Glaucis!

Soren était très gêné d'être considéré comme un orphelin. Il avait un père et une mère, ainsi qu'un frère et une sœur. Il y avait quelque chose de déshonorant dans ce terme, surtout quand il était employé à tort et à travers. Chaque fois qu'il l'entendait, il se sentait misérable, seul et sans amour.

— Oui, je sais, gloussa Tatie. Je suis une incorrigible couveuse.

«C'est quoi, une couveuse, à la fin?» s'interrogea-t-il. Il parvint à étouffer sa curiosité et sautilla jusqu'à la minuscule alcôve. «Ouah! Je m'en sors bien; avec ça, j'aurais eu l'examen des branches sans difficulté», songea-t-il. Une profonde tristesse s'abattit sur lui. Dire qu'il n'avait même pas eu l'occasion de prendre des leçons dans les branches avec son papa!

Il eut bien du mal à trouver le sommeil. Par association d'idées, son esprit avait dérivé sur le vol. Les tentatives de Kludd, suivies de ses modestes trajectoires de débutant, remontèrent à la surface de sa mémoire. Un autre souvenir, plus confus, luttait pour ressurgir dans ses rêves. Une sensation indescriptible le réveilla; une fois de plus, il éprouvait un puissant dégoût mêlé de crainte et il avait l'impression que son gésier allait éclater. C'est à cet instant que la vérité accablante l'assomma: Kludd l'avait poussé! Cela lui revint comme un éclair, si fulgurant qu'il sentait encore le coup énergique des serres de son frère dans son dos avant la chute. Ses pattes se mirent à flageoler.

— Tu as besoin de régurgiter, mon ange? s'inquiéta Tatie.

— Oui, répondit-il faiblement.

Il cracha une boulette ridicule. Qu'espérait-il? Il n'avait même pas eu de cérémonie de l'Os – à la différence de Kludd, qui s'était pavané en exhibant sa première pelote. Y aurait-il ici des rituels similaires? Tout était si saugrenu à l'orphelinat – la cérémonie du Matricule, par exemple. Quelle plaisanterie! En théorie, ces événements étaient supposés valoriser les petits, mais il n'en avait rien été. À part Tatie Finnie qui était gentille, les adultes étaient odieux. Et cette appellation d'orphelinat le turlupinait. Quel était le vrai projet de Saint-Ægo? Crocus, l'Ablabbesse supérieure, avait dit: «Suivez le chemin de la vérité et le sens de votre vie vous sera dévoilé.» Pour atteindre cet objectif, deux règles d'or: pas de questions et rester humble. Sauf que, pour le moment, l'unique vérité qui lui avait été révélée, c'était que son frère l'avait poussé du nid. «Je t'en supplie, Gylfie, pensa-t-il. Trouve un plan!»

7

La super-tactique

— J'ai la solution, Soren : faire semblant de marcher !
À l'aube, au cri perçant de l'abominable grand
duc perché sur sa corniche, Soren et Gylfie s'étaient rencontrés sur la plate-forme principale où on distribuait
les premières rations de nourriture de la journée.

— Comment ça, faire semblant de marcher ?
demanda-t-il en clignant des yeux.

Entre son horrible découverte sur son frère et ses
parents qui lui manquaient, il avait la tête ailleurs.
D'heure en heure, son chagrin s'alourdissait. Non, on ne
s'habituait pas à regretter son papa et sa maman. La perspective de ne plus les revoir était le pire des supplices.
Et comme il ne voulait pas s'arrêter de penser à eux, la
douleur ne faisait qu'empirer.

— Écoute. On a compris à quoi servaient les processions : c'est parce qu'à cause des ombres projetées par les falaises, l'arche est toujours dans le noir. On doit tourner afin que personne ne soit trop longtemps protégé de la lumière de la lune par cette espèce de bouclier. Tu es d'accord ?

— Oui, d'accord.

— Je me suis inspirée de ton plan, celui qui consiste à remuer le bec sans dire nos noms. Là, c'est pareil : on va remuer les pattes sans avancer, et ainsi on sera à l'abri ! Mon père est un des meilleurs navigateurs de tout le désert de Kunir. Un jour, il m'a expliqué que les astres ne bougeaient pas comme on pourrait le croire en les regardant depuis la Terre. Quelques étoiles donnent l'illusion d'être immobiles alors qu'en réalité elles voyagent dans le ciel.

— Hein ?

— Je sais que ça a l'air bizarre, mais selon lui la distance énorme entre nous et les corps célestes fait que leurs mouvements sont presque invisibles. La lune, qui est pourtant plus proche que la plupart des étoiles, est si loin qu'on remarque à peine qu'elle glisse dans la nuit. Si les déplacements d'un truc aussi gigantesque peuvent passer inaperçus, de petits oiseaux tels que nous devraient réussir à se dissimuler, non ?

Une étincelle naquit dans les pupilles de Soren.

— On va adopter la même stratégie, en sens inverse ! s'emballa Gylfie.

— Et les surveillants ?

— Ils se tiennent toujours à l'extérieur du circuit et ils ne captent rien de ce qui arrive dans les rangs. Hier, j'ai vu une effraie des prairies trébucher. Personne ne lui a dit : « Oh ! pardon », ni « Ôte-toi de là ! », ou « Quelle empotée ! » Non, les autres se sont écartés pour la contourner, tout simplement. Tu me suis ?

— Ta tactique est super, Gylfie ! s'écria Soren avec admiration.

— On la mettra en pratique ce soir. Je suis trop pressée ! Mais, pour le moment, remplissons-nous le gésier !

— C'est ça, le petit-déjeuner ? Euh, je veux dire : Ah ! le petit-déjeuner ! rectifia-t-il rapidement.

Une grosse chouette rousse venait de pousser un grillon mort vers lui. Pas de souris, pas de ver de terre grassouillet – même pas un colibri ! C'était grotesque, il allait mourir de faim.

Pendant que les oisillons mangeaient, on n'entendait plus que les insectes croustiller dans leurs becs – avec le vent qui sifflait entre les pics et l'éternel cliquetis des griffes sur la pierre, bien sûr. Soren en était stupéfait : personne ne discutait ! N'importe quel poussin normalement constitué pépiait en grignotant. Sa sœur, Églantine, jacassait tant que sa mère devait souvent lui rappeler de s'intéresser à son repas. « N'oublie pas la patte de cette bébête, Églantine. Tu es si bavarde que tu négliges la partie la plus savoureuse du scarabée. »

Un calme sinistre avait envahi les canyons de Saint-Ægo. Le silence commençait à perturber Soren. Il avait l'impression désagréable d'être coupé de la nature, isolé de la Terre et du ciel. Le plus effroyable, c'était que les occupants de l'orphelinat étaient condamnés à passer leur vie entière – si on pouvait parler d'une vie – dans ces recoins, ces crevasses et ces ravins. Seul un maigre filet d'eau les traversait, où ils plongeaient le bec pour se désaltérer. Pas de fougères, pas de mousse, pas d'herbe – rien de ce qui rendait d'ordinaire le monde plus doux et plus moelleux. Ce n'était qu'une forêt aux cimes anguleuses et aux aiguilles taillées dans le roc.

À la fin du petit-déjeuner, même le *clic-clic* des serres cessa.

— Je donnerais tout pour dévorer un bout de couleuvre, gémit un camarade.

— Ooh! soupira Soren en songeant à Mme Pittivier.

Sa famille évitait de chasser le serpent par respect pour elle, ce qu'elle jugeait absurde. «Je vous défie de me trouver une couleuvre obscure ou tachetée qui ait bonne réputation! protestait-elle. Ne vous souciez pas de moi, je n'ai aucune affection pour ce genre d'individus.»

Néanmoins, Noctus et Marella s'entêtaient à ne pas les mettre au menu, en raison de ce qu'ils qualifiaient de «sensibilité inter-espèces». Soren n'avait pas la moindre idée de ce que cela signifiait, mais il ne voulait pas blesser Mme Pittivier. Il était convaincu qu'elle était très sensible, bien qu'elle prétende le contraire. C'était une créature si attachante. Son cœur s'accéléra quand il se la remémora au sommet du sapin creux, folle d'angoisse après sa dégringolade. Le souvenir de sa voix lui fit monter les larmes aux yeux. Qu'était-il advenu d'elle cette nuit-là? Kludd l'avait-il agressée, elle aussi? À moins qu'elle se soit échappée pour aller quérir de l'aide? Est-ce qu'elle souffrait de sa disparition? Et ses parents? Sa gorge se noua et il flancha. Grand Glaucis! Il ne les reverrait peut-être plus jamais. Puis il repensa à Kludd et se remit à trembler comme une feuille.

— Ça va? s'enquit Gylfie.

— Non, rien ne va, se lamenta-t-il. Ton père et ta mère ne te manquent pas? D'après toi, qu'est-ce qu'ils s'imaginent qu'il nous est arrivé?

— Il vaut mieux ne pas se torturer les méninges avec ces questions. Ressaisis-toi. On a notre super-tactique pour ce soir!

— Comment ça, « ressaisis-toi »! Tu sais ce que je viens de réaliser à propos de mon frère?

— On n'a plus le temps de causer, l'interrompit-elle. Fais en sorte d'être affecté au *pelotorium*.

— Au *pelotorium*? souffla-t-il.

8

Le pelotorium

— Chasseur de grillons! décida Tatie Finnie. C'est parfait pour toi. Tu vois, ici, dans notre merveilleux univers rocailleux, la saison des grillons est très longue. Ils aiment se faufiler dans les renfoncements, les lézardes et, en plein jour, ils sortent se réchauffer au soleil.

— Euh... Tu sais, Tatie, je me sens un peu faiblard... Je crois que je serais mieux au *pelotorium*.

— Ah, bon! le *pelotorium*...

Finnie semblait étonnée. C'était la première fois qu'un oisillon lui suggérait un apprentissage différent de celui qu'elle lui assignait. Elle le scruta. Il n'avait pas l'air en forme, en effet. S'il échouait en tant que chasseur, cela lui porterait tort à elle aussi. D'un autre côté, si elle acceptait sa requête, il lui serait redevable d'une faveur supplémentaire.

— Bien, c'est entendu, consentit-elle en le baignant de la pâle lueur jaune de ses prunelles. J'espère, trésor, que tu sauras te souvenir de ma générosité à ton égard. C'est le second plaisir que je t'accorde, après la sieste.

Ses yeux et son ton se durcirent soudain.

— Suis cette ligne ; elle te conduira au *pelotorium*.

— Je suis 47-2. Je serai votre guide dans le *pelotorium*. Venez avec moi.

Cette jeune chouette s'exprimait bizarrement, d'une voix creuse et éteinte ; elle ne ressemblait ni aux vibratos percutants de Casus et Belli, ni à aucun cri que Soren connaissait.

Ce dernier, Gylfie et leurs camarades avançaient en cadence derrière elle. Bientôt son étrange timbre monocorde enfla et recouvrit la vaste assemblée. Un chant s'éleva, rythmé par le *tic tic* des nombreuses serres sur le sol nu.

Chaque pelote a une histoire.
Chaque pelote a une histoire.
Avec ses os, ses poils, ses dents d'ivoire,

Et parfois quelques cailloux noirs,
Chaque pelote a une histoire.

Nous disséquons et trions dans la joie,
La fourrure et les os de nos proies,
Sans jamais nous lasser
De cette mission honorable et sacrée ;
Toujours en quête de perfection,
Nous extrayons les paillettes couleur de miel
Dont l'existence nous remplit d'émotion
Et restera pour nous un mystère éternel.

Rien n'aurait pu préparer Soren et Gylfie à un tel choc. On les avait menés vers un canyon où des centaines de chouettes, debout sur des corniches, étaient penchées au-dessus de milliers de pelotes. Si l'un ou l'autre des poussins avait su ce qu'était l'« enfer », ils se seraient alors demandés pour quelle faute ils y avaient atterri. Mais ils étaient trop petits pour cela ; dans leur vocabulaire, ils n'avaient même pas d'adjectifs assez forts pour décrire un endroit pareil. Jusqu'à leur capture, ils avaient vécu dans un véritable paradis – au faîte d'un magnifique arbre ou d'un cactus, protégé par le duvet douillet de leurs parents, avec des insectes appétissants à manger plusieurs fois par jour, ainsi que des morceaux de souris juteux. On leur racontait des aventures d'oisillons qui apprenaient à voler, à développer la sensibilité de leur gésier et leur instinct pour naviguer dans les airs.

— Je suis une ouvrière trieuse de troisième catégorie, la catégorie C, poursuivit 47-2. J'épluche les pelotes pour en retirer les éléments les plus larges : cailloux, os et dents, essentiellement. Ceux de la deuxième catégorie, la B, extirpent les plumes et la fourrure. Et ceux de la catégorie A, les paillettes. En voici une.

Elle désigna du bout d'une griffe une minuscule particule qui brillait à l'intérieur d'une pelote éventrée.

— C'est un genre de métal... je crois... Bref. Vous n'avez pas besoin d'en savoir davantage. Sachez juste qu'elles sont précieuses, plus précieuses que l'or. Devenir chercheur de paillettes est le plus haut degré de compétence que l'on puisse atteindre au *pelotorium*. Demain, je monterai d'un cran pour évoluer dans la catégorie B. En tant que trieuse la plus expérimentée de la classe C, c'est à moi que revient la charge d'assurer votre instruction.

Là-dessus, elle fredonna à nouveau son atroce refrain.

— Lorsqu'on débute, le mieux est d'utiliser son bec, en stabilisant la pelote avec les serres. Tous les objets trouvés doivent être déposés sur la dalle en pierre. Attention, si vous ne les alignez pas comme il convient, vous serez sévèrement punis. Vous verrez en quoi le châtiment consiste au cours de notre séance de thérapie par le rire.

Par Glaucis, de quoi parlait-elle? Une thérapie par le rire?

— Accomplissez votre besogne avec zèle et vous aussi, vous aurez une promotion le moment venu.

Sur ce, elle marcha jusqu'à la dalle jonchée de pelotes.

— Reprenons. Il est strictement interdit de mélanger ses propres pelotes au tas fourni. Démonstration.

Elle jeta un regard noir à Soren avant d'incliner sa tête mouchetée. Celui-ci ne put réprimer un haut-le-cœur et régurgita un peloton ridicule.

Soren et Gylfie avaient l'impression de trimer déjà depuis des lustres. Leur tâche n'était pas complètement monotone cependant. À intervalles réguliers, l'un des deux surveillants postés en surplomb sifflait tout bas et une chanson retentissait, entonnée avec le même enthousiasme débordant qui avait caractérisé le discours de 47-2. Soren supposait qu'elle servait surtout à rythmer les gestes des ouvriers, et qu'à force les paroles, comme leurs prénoms, avaient perdu leur signification. Divers ordres venaient également briser le silence :

— Pelotes neuves demandées sur la zone 10-B.

— Augmentez la cadence dans la zone 20-C.

Enfin, les travailleurs discutaient ; mais plus Soren et Gylfie les écoutait, moins ils les comprenaient.

— Je suis d'excellente humeur ce matin, 12-1. J'ai déjà fini mon premier tas. Toi aussi, tu seras radieux quand tu auras terminé le tien. Il n'y a rien de tel pour s'épanouir ; cela procure une joie rare. Je l'éprouve chaque jour au *pelotorium*.

« Rare » ? Soren connaissait ce terme : Noctus lui avait expliqué que les membres de leur famille, les *Tyto alba*, étaient rares, c'est-à-dire pas nombreux. Alors comment aurait-il pu ressentir une joie rare si cela se produisait tous les matins à heure fixe ?

— Moi aussi, je suis dans une forme éblouissante,

déclara un autre poussin sur le même ton, à l'intention de Gylfie.

Par la suite, les deux chouettes ne cessèrent de se tourner vers Soren ou Gylfie pour les informer en quelques phrases de leur degré d'épanouissement. À l'occasion, elles assortissaient leurs comptes rendus de rapides commentaires :

— 25-2, pour un oisillon de ta stature, ton adresse est remarquable.

— Merci, répondit Gylfie en baissant la tête avec modestie.

— Je t'en prie, 25-2.

— Quant à toi, 12-1, affirma l'autre, tu es très habile de ton bec. Tu réalises un travail soigné et délicat.

— Merci, fit Soren – qui rajouta aussitôt, sans savoir très bien pourquoi : Merci beaucoup.

— De rien. Il n'est pas nécessaire d'être trop poli, tu sais. Tu gaspilles ton énergie. La politesse est sa propre récompense – c'est comme dénicher les paillettes.

— C'est quoi, les paillettes ?

Soren ne put empêcher la question de lui échapper.

La plupart des chansons du *pelotorium* se référaient à ces fameuses paillettes et celles-ci l'intriguaient. Il savait d'où sortaient les plumes, les os et les dents qu'on récupérait dans les pelotes. Mais les paillettes? Ses deux étranges camarades se mirent à pousser des cris perçants – une attitude déroutante comparée à leur tiédeur habituelle.

— Alerte à la question! Alerte à la question!

Deux féroces hiboux, au plumage sombre et aux cruels yeux jaunes surmontés d'aigrettes rouge sang, foncèrent droit sur Soren.

«Soren, qu'as-tu fait?» faillit s'égosiller Gylfie. Heureusement, à l'inverse de son ami, elle sut se retenir à temps. Celui-ci avait le gésier tout barbouillé tandis qu'il pendouillait entre les deux surveillants, qui l'avaient enlevé avec une incroyable brutalité. Chacun lui tenait une aile dans les serres et il avait la sensation d'être écartelé. Alors qu'ils s'élevaient en spirale, Soren était ballotté par un flot de vibrations assourdissantes qui semblait le bourrer de coups par en dessous. Cela n'avait rien à voir avec le coussin de vent moelleux que son père lui avait souvent décrit.

— Ils se moquent de toi, 12-1. Ils rient si fort que l'air tremble!

— 12-1, tu seras le premier à t'illustrer aujourd'hui dans une séance de thérapie par le rire.

Soren resta muet, même si des milliers de questions lui martelaient le cerveau et dansaient au bout de son bec. Ils atterrirent sur un promontoire visible depuis le moindre recoin du *pelotorium*. Les ricanements des trieurs, de dizaines d'instructeurs et des gardes ricochaient sur les parois rocheuses. Un vacarme terrible bourdonnait dans le crâne de Soren. Croyant qu'il était en train de devenir fou, il hurla de panique.

— Voici venu le meilleur moment de notre thérapie!

Un glapissement suraigu fendit le ciel et Crocus, l'Ablabbesse supérieure, se posa à côté de Soren, suivie de son adjointe Hulora, dont les prunelles ambrées luisaient de plaisir. «Oh! Grand Glaucis! Qu'est-ce qui va m'arriver?»

9
Infirmière Finnie

— Oh! 12-1! Mon pauvre trésor! Regarde-toi.
— Qu'est-ce qui s'est passé? gémit Soren.

Il battit des cils, inondé par la lumière caressante des yeux de Tatie Finnie.

— Allons, allons, chéri. Souviens-toi que c'est une question qui t'a attiré des ennuis. Je vais devoir me montrer plus exigeante. Tout ce que je peux te dire, c'est que tu as été très vilain et que tu es de retour avec moi au foyer...

Malgré les hululements rassurants qui s'écoulaient du bec de Tatie, les interrogations se succédaient dans l'esprit de Soren, et il lui fallait tenir ses mandibules serrées pour ne pas les laisser fuser. Il avait dû s'évanouir durant la séance de thérapie par le rire, songea-t-il en essayant de reconstruire le fil des événements. Il y avait d'abord

eu l'alerte, l'irruption des deux impitoyables surveillants, puis les éclats de rire – un vrai cauchemar !
Néanmoins, tout cela n'expliquait pas pourquoi il avait
autant mal aux ailes. Il ne tarda pas à saisir de lui-même,
juste en pivotant la tête : elles étaient nues ! Il eut à peine
le temps de murmurer « Par Glaucis ! » avant de retomber
dans les pommes.

— Voyons !

Tatie Finnie fit claquer sa langue.

— Je vais m'occuper de toi. Tu seras rétabli d'ici peu.
De toute façon, tu n'avais pas besoin de ces plumes riqui-
qui.

— Pas besoin de mes plumes !

Cette vieille chouette devait délirer. Par quel miracle
volerait-il ?

— Pas besoin de mes plumes ! répéta-t-il, outré.

Tatie ne nota pas son indignation ; elle était en train de
croquer quelque chose. Puis elle eut un hoquet et recra-
cha sur les ailes de Soren une grosse boule de mousse
mâchouillée. Celui-ci soupira, apaisé.

— Ça fait du bien, hein ? Rien de tel que le lichen

pour soulager les irritations. Maintenant, tu pourras m'appeler «Infirmière Finnie».

— Infirmière Finnie? Euh... Infirmière Finnie!

— Tu apprends vite. Parfois, la rigueur a du bon. Je présume que tu auras retenu la leçon. Tu ne risqueras plus de te faire plumer.

— Plumer! s'étrangla-t-il.

Alors on lui avait arraché les plumes? Ce n'était pas un accident!

— Oui, je devine ce que tu penses. Moi non plus, je n'approuve pas ces méthodes. Hélas! on ne me consulte pas. Je ne peux que bichonner les oisillons de mon foyer. Et Glaucis sait que je me démène pour vous!

Elle geignait à vous fendre le cœur. Mais elle était loin de soupçonner ce que Soren avait en tête. Comme elle le contemplait avec tendresse, il se sentit obligé de lui exposer son point de vue. Il s'y employa avec prudence, en se gardant d'utiliser des formules interrogatives. Ça, non! on ne l'y reprendrait pas de sitôt.

— Tatie... enfin, Infirmière Finnie...

Les surnoms semblaient avoir beaucoup d'importance pour la femelle harfang. Mieux valait ne pas la contrarier.

— Je ne comprends pas pourquoi tu es si gentille alors que ceux du *glaucidium* et du *pelotorium* sont si méchants. Ils sont durs, sans raison.

— Détrompe-toi, ils ont une bonne raison.

— Ah ! Ils ont une raison.

Soren était parvenu à articuler sa phrase avec la platitude nécessaire.

— Oui, poursuivit Finnie, ça forge le caractère.

— Ça forge le caractère.

— Grâce aux punitions distribuées avec parcimonie et à l'esprit de sacrifice qu'on vous inculque, vous gagnerez en robustesse.

Elle parlait sur l'air d'une comptine, comme si elle avait déjà prononcé ces mots à maintes reprises.

— Détruire les ailes forge le caractère, je vois, dit-il en tâchant de paraître convaincu.

— Je m'en réjouis ! s'exclama Finnie.

— Moi qui croyais que voler était naturel pour une chouette ! Quel idiot !

Il devenait redoutable à ce petit jeu.

— Oh ! que tu es intelligent ! C'est exact. On ne peut voler que si on y est spécialement destiné.

— Oui, bien sûr.

Il faisait des efforts colossaux pour conserver son sang-froid. Mais à l'intérieur son gésier se tortillait furieusement, son cœur battait à vive allure et une angoisse amère l'envahissait.

— Tiens! Justement, voilà 12-8. Un bel exemple de DPV.

Soren la dévisagea avec des yeux ronds.

— DPV, trésor: Destiné à ne Pas Voler. 12-8 en fait partie; elle est aussi une apprentie infirmière!

«C'est qui déjà, 12-8?» Soren passa en revue tous ses camarades. Ce numéro lui était familier... Puis il la repéra, qui sautillait non loin de lui: c'était Hortense, la chouette tachetée qui était si contente d'obtenir un matricule parce qu'elle haïssait son nom.

— Approche, 12-8, roucoula Tatie. Je vais te donner ton premier cours.

Hortense avait le regard encore plus vide que de coutume.

— Ouais! Un patient! Un patient! Tatie, apprends-moi à faire des emplâtres avec la mousse.

Finnie commença à lui montrer comment elle becquetait le lichen jusqu'à ce qu'il soit doux et mou. Soren dut admettre que l'attention portée à ses ailes n'était pas pour lui déplaire. À présent qu'il allait mieux, il observait 12-8 étendre les compresses en se demandant pourquoi elle n'était pas destinée à voler. Il se creusa la cervelle pour trouver un moyen de le découvrir sans poser la question.

— Il me semble que je t'ai croisée au *pelotorium* ce matin.

— Oh! non, impossible, je suis couveuse.

— Couveuse. Ah... Ce doit être sympa de travailler au *couveusorium*.

Il n'était pas peu fier de son invention.

— Ça ne s'appelle pas un *couveusorium*, dit 12-8, avec l'élocution pâteuse des vrais déboulunés.

— Ah! non. Je suis bête, c'est cet autre mot... Je l'ai sur le bout de la langue...

— Ça m'étonnerait, lâcha-t-elle avec un léger dédain. Tu ne peux pas le connaître : c'est top secret.

— Top secret.

— Oui. Sauf pour moi. J'ai une autorisation personnelle.

La jeune chouette gonfla ses plumes d'orgueil.

— Une autorisation pour voler, tenta Soren.

— Évidemment que non! Je ne pourrais pas avoir de dispense top secrète si j'étais destinée à voler.

«Et tu n'es pas déçue d'être DPV?» avait-il envie de beugler.

— Bravo, 12-8, s'écria Finnie, tu fais du bon boulot. Tu seras une infirmière formidable plus tard.

— D'ailleurs, je souffre déjà beaucoup moins, susurra Soren.

Quel rusé! Il jouait les faux jetons avec une facilité déconcertante.

— Je vais vous dire, moi, ce qui me requinque à tous les coups.

— Nous sommes impatientes de savoir, l'encouragea Finnie.

— Qu'on me raconte des histoires. Mes préférées sont les légendes de Ga'Hoole. Oui: le cycle des chevaliers de Ga'Hoole.

Finnie émit un borborygme extravagant, à mi-chemin entre un renvoi et le cri strident du petit duc, puis elle s'effondra, comme morte.

— Oh, là là! Oh, là là! 12-1, à cause de toi, il faut que je soigne l'infirmière Finnie, maintenant.

Hortense s'éloigna en trottinant pour aller chercher un remède, tandis que Soren savourait l'effet ravageur de sa confidence.

10

De l'art de garder la tête à l'endroit quand le monde est à l'envers

Le soir même, Gylfie et Soren se rencontrèrent sous l'arche du *glaucidium*. Ils avaient prévu de tester leur super-tactique, cependant Soren n'était plus très sûr de lui.

— Je ne suis pas tranquille. Et si ça ne marchait pas?

— Soren, on ne peut pas savoir à l'avance, mais qu'est-ce qu'on a à perdre?

— La boule, pour commencer.

Gylfie chuinta tout bas – une façon de rire commune à beaucoup de chouettes. Soudain, l'air fut déchiré par un sifflement et en un éclair la chevêchette se retrouva sur le dos.

— Interdiction de rire ! Sauf dans le cadre des cours donnés par Hulora, bien entendu. Tu n'as pas intérêt à recommencer, sinon tu auras droit à une leçon qui te fera passer l'envie de ricaner n'importe quand, je te le garantis !

Alors que le surveillant repartait, les deux poussins se fixèrent en silence. Cet endroit était décidément le plus bizarroïde qu'on puisse imaginer. On y apprenait à dormir, et aussi à rire ! Sans oublier leur drôle de conception de la « thérapie ». Quel était donc le réel but de Saint-Ægo ? À quoi les si précieuses paillettes servaient-elles ? Qu'est-ce que Crocus et Hulora voulaient faire d'eux, les orphelins ? Certainement pas des chouettes adultes, en tout cas ! Soren n'eut pas le loisir de s'attarder sur ces sujets, car depuis sa séance de « thérapie » une inquiétude le tourmentait. Il devait vider son sac, maintenant.

— Gylfie, tu peux sortir. Moi non, mais toi, tu peux essayer.

— Qu'est-ce que tu racontes ?

— Tu as presque toutes tes rémiges. Regarde-toi.

J'aperçois de nouvelles primaires sur tes ailes. Tu pourras bientôt t'envoler.

— Toi aussi.

— N'importe quoi ! Ils t'ont débouluné, ma parole. Gylfie, ils m'ont plumé !

— Non, ils n'ont arraché que ton duvet. On voit encore l'extrémité des tiges.

Soren leva une aile et l'examina. C'était vrai, les plumes pointaient. Gylfie avait raison. « Cela dit, songea-t-il, sans duvet, à quoi ?... » Elle lut dans ses pensées.

— Tu n'en as pas besoin pour voler, Soren. Tu auras froid, voilà tout. Et puis, le temps que ton plumage pousse, ton duvet aura sans doute réapparu.

Un regain d'espoir illumina ses prunelles noires ; elles ressemblaient à deux pierres polies et luisantes au milieu de son visage blanc en forme de cœur. Celui de Gylfie battait la chamade. Elle désirait si ardemment le convaincre, raviver sa confiance en lui et en leur super-tactique. Elle avait observé ses frères et sœurs aînés lors de cette étape cruciale, lorsque, après avoir sautillé comme de beaux diables pendant des jours, ils avaient pris des forces d'un seul coup et avaient décollé. Elle se souvenait d'avoir demandé à son père par quel miracle ce changement s'était opéré: «Ma chérie, lui avait-il répondu, on peut s'entraîner toute une vie sans jamais parvenir à décoller si on n'y croit pas assez. Il faut le sentir dans son gésier.» Il avait ajouté d'un ton rêveur: «C'est amusant, non? Nos sensations les plus fortes naissent toujours là – même quand il s'agit d'apprendre à bouger les ailes.» En secouant quelques-unes de ses plumes pour illustrer la leçon, il avait conclu: «Tout passe par le gésier.»

— Écoute-moi. J'ai réalisé des tas de trucs dans le *pelotorium* quand tu t'es évanoui et qu'ils t'ont emmené.

Les épaules de Soren frissonnèrent, ce qui traduisait souvent la honte ou l'embarras chez l'oisillon.

— Oui, je sais, tu réfléchissais à la situation pendant que moi, je posais des questions comme un crétin.

— Arrête de te faire des reproches, ordonna-t-elle sèchement. Leur punition ne t'a pas suffi?

Sa franchise désarçonna Soren. Il cessa de cligner des paupières et se concentra.

— Bon. Qu'est-ce que je disais? Ah, oui. Ici, à Saint-Gogo, c'est le monde à l'envers. À nous de ne pas nous laisser débouluner et de garder les idées claires. Sinon, on n'arrivera jamais à s'échapper. Il faut qu'on reste assez lucide pour mettre au point un plan d'évasion. Alors sois attentif.

Il lui fit signe qu'il était tout ouïe et elle poursuivit.

— D'abord, j'ai calculé qu'on en était à la troisième nuit de pleine lune. Elle a déjà commencé à rétrécir. Tu te rappelles notre discussion ? Dans quelques jours, elle aura presque disparu et on aura un souci de moins, puisque les nuits seront de plus en plus sombres dans le *glaucidium*. D'ici là, on doit faire semblant d'être déboulunés.

Soren résista à la tentation d'interroger sa copine ; non pas qu'il ait peur, car il ne courait aucun risque avec elle, mais il ne voulait pas perturber sa réflexion. À l'évidence, cette chevêchette était aussi petite par la taille que grande par l'intelligence, et là, son cerveau turbinait à plein régime.

— À la prochaine pleine lune, je suis sûre que tu seras prêt à voler.

— Mais, et toi ? Tu seras prête bien avant.

— Je t'attendrai.

— Tu m'attendras !

Quel choc ! Comme il était trop éberlué pour rebondir sur une telle déclaration, Gylfie osa une question :

— Qu'est-ce qu'il y a ?

— Je n'en reviens pas. Pourquoi moisir ici alors que tu peux ficher le camp ?

— Soren : jamais je ne t'abandonnerai. Tu es mon ami. Si je m'enfuyais sans toi, ma vie ne vaudrait plus deux pelotes. Et puis, on a besoin l'un de l'autre.

— Ouais, surtout moi, souffla-t-il.

— Oh ! crottes de ratons !

Soren allait de surprise en surprise. « Crottes de ratons » – c'est-à-dire de ratons laveurs – était l'un des pires gros mots qui soient. Une fois, Kludd avait lâché ce juron parce que Mme Pittivier insistait pour qu'il arrête d'embêter Églantine, et Marella lui avait filé une sacrée correction quand elle l'avait su !

— Soren, ce ne serait pas toi qui aurais compris qu'ils cherchaient à nous débouluner avec nos noms en nous obligeant à les répéter ? C'était brillant.

— Je n'aurais pas eu cette idée géniale si tu ne m'avais

pas expliqué ce qu'était le déboulunage. Je n'en avais jamais entendu parler.

— Moi si, et puis quoi? Cela n'a rien à voir avec l'intelligence, c'est juste le hasard. Tu l'aurais su aussi si tu avais éclos un peu plus tôt, ou si tu avais grandi dans le désert. Mais figure-toi que j'ai découvert autre chose... Après ta séance de thérapie par le rire, j'ai fait une découverte incroyable. 47-2 m'avait envoyé faire une commission à l'extérieur du *pelotorium* et...

Elle s'assura que personne ne les épiait et continua son récit à voix basse, tandis que la lune poursuivait son ascension dans le ciel noir.

11

La découverte de Gylfie

C'était à mon tour d'aller réclamer des plateaux de pelotes pour notre équipe et 47-2 m'a indiqué la direction de ce qu'elle appelle « la Grande Crevasse ». C'est une faille dans une des parois rocheuses du *pelotorium*, tout près de notre poste. Je devais m'engouffrer dedans et suivre une file de poussins vers les entrepôts.

Elle racontait si bien que Soren visualisait chaque virage du petit sentier qui traversait la brèche. C'était comme s'il l'empruntait avec elle.

— Il y a de nombreuses fissures qui partent de la fente principale. Parfois, je distinguais des bruits en passant devant. J'avais l'impression étrange d'être la seule à les remarquer. Peut-être que les autres avaient déjà pris ce chemin tant de fois qu'ils n'y prêtaient plus attention.

En regardant à droite et à gauche, je me suis rendu compte qu'au bout le ciel apparaissait. C'était magnifique, je te jure, cette immense coulure bleue... On aurait dit une rivière qui ruisselait au-dessus de nos têtes et qui retombait en cascade sur le côté.

Elle soupira, absorbée dans sa rêverie.

— J'avais toujours cru que ces canyons escarpés faisaient de la pension Saint-Ægolius une prison idéale. Mais là, dans la Grande Crevasse, j'ai bien vu qu'on était plus haut qu'on ne le croyait. On est très près du ciel en réalité.

— Près du ciel, murmura Soren, ébahi.

Aussi près que lorsqu'il habitait au sommet de l'arbre creux, au chaud dans le duvet pelucheux que ses parents s'étaient arraché de la poitrine ? À cette époque, il était immergé dans un océan de bleu, intense le jour, profond la nuit, et qui semblait être le prolongement naturel des branches de leur vieux sapin. Ce n'était pas étonnant qu'un oisillon veuille y plonger avant d'être apte au vol.

— J'avais décidé de ralentir au retour, pour mieux inspecter les environs. Et puis j'ai pensé que c'était une excellente occasion de tester notre super-tactique et de vérifier si quelqu'un s'apercevrait de la ruse. D'autant qu'il n'y avait pas un surveillant dans les parages!

Les yeux brillants, elle attendit que Soren montre un peu plus d'enthousiasme pour son plan et d'impatience pour la suite de l'histoire.

— Tu sais quoi? Ils n'y ont vu que du feu! Ils m'ont esquivée comme si je n'étais qu'une grosse pierre dépassant du sol. Et là, quelque chose d'hallucinant s'est produit... Un jeune harfang a trébuché. Je me suis dit: «Nom de Glaucis, on est fichus, moi et mes stratagèmes à deux pelotes.» Alors j'ai fait celle qui admirait le paysage. Quand je lui ai chuchoté que je contemplais le ciel, il a cligné des paupières. Il était complètement déboululuné! Il avait le même regard que pendant les processions.

Elle bloqua sa respiration, car elle s'apprêtait à faire une confidence délicate:

— Je suis devenue consciente que pour beaucoup de nos camarades, des dizaines de mots avaient perdu leur signification – en plus de leur prénom. Tu imagines, un poussin qui ignore ce qu'est le ciel?

Soren médita un instant. C'était en effet inconcevable. Cela étant, Tatie Finnie avait bien décrété que certains oiseaux n'étaient pas destinés à voler. Une nouvelle question lui brûlait le bec.

— Ce n'est pas pareil de ne pas connaître le mot et de ne pas savoir ce que c'est. À ton avis, ils ont oublié les deux?

Gylfie était bluffée : quel philosophe, ce Soren!

— Prends Mme Pittivier, notre domestique : elle est aveugle, et pourtant elle sait ce qu'est le ciel. Elle dit que les serpents, aveugles ou non, le nomment « le Par-delà » parce qu'il leur paraît très, très loin. Il n'y a rien de plus inaccessible pour eux et c'est en partie pour cette raison qu'ils adorent travailler pour nos familles : ça les rapproche du « Par-delà ».

— Pas du tout. Cette chouette-là était vraiment déboulunée. Non seulement le mot ne lui évoquait rien, mais elle n'avait pas la moindre idée de ce dont je parlais.

— C'est trop triste.

— Oui. D'un autre côté, cela va nous faciliter la tâche. Les surveillants sont sans doute déboulunés. Maintenant, laisse-moi finir.

— Quoi encore?

— Au fond d'une fissure, j'ai repéré un endroit gardé par un adulte qui m'était vaguement familier: Scrogne, celui qui m'avait enlevée! Je me demande comment je ne l'ai pas reconnu tout de suite. J'ai repensé à lui si souvent. Tu te souviens de ce qu'il avait dit pendant qu'ils nous emportaient? Que le jeu n'en valait pas la chandelle. Celui qui t'avait kidnappé l'avait averti qu'il risquait un blâme si Hulora entendait ça.

— Heu, oui...

Mais où voulait-elle en venir?

— Je soupçonne Scrogne de ne pas être débouluné. C'est génial!

— Gylfie, je n'y comprends plus rien! Un coup, tu dis que plus les autres sont déboulunés, mieux c'est, et juste après, tu prétends exactement le contraire.

— Scrogne est peut-être des nôtres! Il fait semblant, comme nous, j'en suis presque certaine.

— Pourquoi?

— Je suis allée au bout du passage et j'ai découvert ce qu'il protégeait.

— Sans blague?

— Ouais! Et je n'ai même pas posé de questions!

— Ouah! Ça n'a pas dû être simple!

— Tu l'as dit! J'ai failli craquer une ou deux fois et je crois qu'il n'était pas dupe.

— Alors, c'est quoi ton tuyau?

— Tu vois ce que c'est, un livre?

— Bien sûr! répondit-il d'un air indigné. Les livres remontent à la nuit des temps, comme les *Tyto alba*.

Noctus et Marella prononçaient toujours cette phrase en sortant un exemplaire de leur maigre collection pour lire des histoires à leur nichée.

— Autrefois, nous vivions surtout dans les clochers des églises. Mes parents ont conservé un recueil de psaumes de cette époque.

— Des psaumes? C'est quoi? fit Gylfie, époustouflée.

— Un genre de chansons. (Il n'en avait pas souvent écouté, mais il se rappelait que sa maman fredonnait les paroles quand elle en récitait.) Quel rapport avec Scrogne?

— Il surveille l'entrée d'une bibliothèque, une pièce où on range des livres.

— Une bilbi... bibliothèque? Comment tu sais tout ça?

— Elle est en dehors du circuit autorisé; seules Crocus et Hulora ont le droit d'y pénétrer. C'est pendant qu'il m'expliquait tout ça que j'ai réalisé que Scrogne pouvait être dans notre camp: il devinait mes questions avant même que je trouve un moyen de les formuler. Je veux absolument rentrer dedans, Soren.

— Pourquoi? Moi, je suis pour qu'on déguerpisse dès que possible – point final.

— Je tiens à percer le mystère des paillettes.

— Quelles paillettes?

— Oh! Celles des hymnes du *pelotorium*, gros bêta! Les fameuses «paillettes scintillantes couleur de miel» que recueillent les trieurs de catégorie A.

— Gylfie, ça ne va pas, la tête? Tu veux croupir ici jusqu'à tant que tu sois trieuse de catégorie A?

— J'ai l'intuition qu'il se trame ici des crimes bien pires que le déboulunage des oisillons... Je le sens. Crocus et Hulora ont l'intention de détruire tous les royaumes de chouettes et de hiboux sur terre. Une catastrophe se prépare.

Gylfie regardait devant elle, les mirettes écarquillées, tandis que ses menaces résonnaient dans l'atmosphère.

— Les poussins sont transformés en zombies ici, se lamenta Soren. D'après moi, mieux vaut être mort que de ressembler à 47-2. Crocus et Hulora sont abominables. Mais de là à... rayer de la carte tous les royaumes de chouettes et de hiboux, tu crois?

— Oui, l'anéantissement total, confirma Gylfie d'une voix glaciale. Soren, je suis déterminée à m'évader autant que toi et j'ai l'impression que Scrogne va nous aider. Cependant, pas de précipitation! Cette bibliothèque renferme des secrets qui pourraient nous être utiles, ainsi qu'aux habitants de la forêt de Tyto et du désert de Kunir. Tu t'en moques que d'autres petits subissent le même sort que nous?

Soren songea aussitôt à sa sœur Églantine, qu'il aimait de tout son cœur. L'idée qu'elle soit enlevée et déboulunée lui était insupportable. Or, des milliers d'Églantines grandissaient à l'extérieur de ces falaises. Les abandonnerait-il au sombre avenir des jeunes «Destinés à ne Pas Voler», ceux aux yeux éteints et aux intonations mornes? Un frisson le parcourut. Non, il ne pouvait pas se contenter de décamper. Une mission capitale les attendait, lui et Gylfie.

Un cri aigu fendit soudain la nuit : la lune s'était hissée au-dessus du *glaucidium* et l'alarme de la première procession venait de retentir. Des centaines d'« orphelins » se mirent en marche et un étrange murmure s'éleva tandis que chacun répétait son ancien prénom, inlassablement. Après avoir échangé un coup d'œil, Soren et Gylfie commencèrent à remuer le bec en marmonnant n'importe quoi, sauf leur nom. Ils étaient prêts à mettre en œuvre le deuxième volet de leur plan, celui que Gylfie avait déjà expérimenté dans la Grande Crevasse : marcher sur place en donnant l'illusion de bouger. Si elle était parvenue à rouler tout le monde en plein jour, pourquoi échoueraient-ils ici ?

Ils retinrent leur souffle, figés par la peur d'être pris en flagrant délit, pendant que leurs camarades s'agglutinaient autour d'eux. Mais les rangs s'écartèrent et se reformèrent aussi naturellement qu'un ruisseau contournant un rocher. Ils furent à peine bousculés ! Ils frôlèrent la crise cardiaque lorsqu'un surveillant vola près d'eux au ras du sol. Toutefois celui-ci les ignora pour aller tourmenter un harfang qui avait été trouvé un peu plus loin en train de dormir la tête coincée sous l'aile.

— Alerte à l'aile sur le numéro 85-2! Avis aux collègues de la zone quatre : restez vigilants.

12

L'inlunation

Peu à peu, le croissant dans le ciel nocturne s'amincit, le paysage s'assombrit, puis vint la nouvelle lune. Un emploi du temps absurde continuait de rythmer l'existence des jeunes à Saint-Ægo, qui devaient se reposer la nuit et travailler le jour. Mais tout n'allait pas si mal. Soren et Gylfie recevaient parfois de modestes cadeaux de la part de leurs gardiens de foyer, en plus du supplément habituel de grillon. Les heures passées auprès de Tatie et de Tonton étaient une oasis fraîche et verdoyante dans l'univers aride de la pension pour chouettes orphelines. Tonton distribuait des bouts de serpent à Gylfie et lui permettait de faire la sieste ; quant à Tatie, elle apprit à Soren à manger un campagnol entier, avec les os. Bien sûr, cette leçon ne valait pas une véritable cérémonie de l'Os ; néanmoins, grâce à ses conseils, il put dévorer une grosse proie dodue, d'une taille idéale pour être gobée crue. Elle ne fut pas avare d'éloges lorsqu'il régurgita sa première pelote digne de ce nom. Cela lui rappela les félicitations que son père avait adressées à Kludd, et ce souvenir eut un parfum amer.

Malgré les petits à-côtés, les faveurs et les attentions spéciales de Tatie, Soren n'arrivait pas à oublier la terrible prémonition de Gylfie. La destruction du moindre royaume de chouettes et de hiboux sur Terre... Pourquoi commettraient-ils une chose pareille? Il s'était beaucoup interrogé à ce sujet, mais en définitive la raison importait peu. Non, voilà ce qui l'angoissait: et s'ils avaient affaire à des sortes de démons déguisés? Quand Tatie s'approcha avec au bec son mets préféré, un mille-pattes grassouillet, il scruta au fond de ses prunelles jaunes comme pour essayer d'y déceler la silhouette noire d'un être diabolique enchaînant pirouettes et cabrioles. Les questions se pressaient dans son esprit. «Es-tu un vrai harfang, Tatie? Descends-tu de Glaucis, des territoires du Nord, ou es-tu un démon en plumes blanches?»

Au deuxième soir de la seconde pleine lune, Soren et Gylfie étaient épuisés. Ils avaient le sentiment que leur calvaire n'en finirait jamais. Mais au moins ils avaient résisté au déboulunage. Leur stratégie pour échapper aux processions fonctionnait. Enfin... elle fonctionna jusqu'à la deuxième nuit de la seconde pleine lune.

— Gauche, droite. Gauche, droite.

Sous la voûte protectrice de la grande arche, leurs serres cliquetaient à l'unisson avec les autres, lorsqu'un hululement explosa tel un coup de tonnerre dans les deux *glaucidium*.

— Hé ! vous deux !

C'était Hulora en personne, l'effroyable adjointe de Crocus.

— Je vous ai repérés à cette place au tour précédent. Qu'est-ce que vous y fichez encore ? Vous n'êtes que deux hagards, des tire-au-flanc !

Soren et Gylfie, médusés par la troublante lueur ambrée diffusée par les yeux du petit duc des montagnes, tremblaient comme des feuilles.

— On cherche à éviter les rayons de la lune, hein ? Je

vais vous en ôter l'envie, ça ne va pas traîner! Nous avons d'excellents remèdes à cela.

« Oh! nom de Glaucis! pensa Soren. Je vais me refaire plumer. Et Gylfie! Elle ne s'en remettra jamais!»

— Tous les deux, marchez sous les feux de l'astre!

— Ne proteste pas, murmura Gylfie. Nous sommes ensemble dans cette épreuve, c'est déjà ça.

« Ah oui? songea-t-il, dubitatif. Se faire dépouiller côte à côte et mourir à deux, c'est plus réconfortant?»

Ils furent conduits dans une cellule voisine de l'un des *glaucidium*. Ses parois étaient en roche d'un blanc étincelant. Bizarrement, elles étaient obliques par rapport au sol, si bien que le clair de lune s'y déversait et dégageait un éclat aveuglant en se réfléchissant sur les cloisons brillantes.

— Vous allez être enfermés ici jusqu'à l'aube. Après une bonne inlunation, vous serez moins d'humeur à plaisanter... Faites-moi confiance!

Pour ponctuer sa phrase, elle les gratifia d'un de ses cris stridents, aussi violents que la foudre. La chevêchette en fut presque renversée.

— Et ne penchez pas la tête, ajouta Crocus. Nous vous tenons à l'œil.

Ayant récupéré l'équilibre, Gylfie planta fermement ses minuscules griffes dans la pierre.

— Ouf! on n'a pas été plumés.

— Gylfie, tu as perdu la boule ou quoi?

— Soren, dans ce genre de situations, il faut savoir prendre la vie du bon côté...

Elle fit une pirouette sur elle-même : la lumière rebondissait avec une intensité égale sur chacun des quatre murs.

— Tu vois un bon côté, toi? Se faire dépiauter ou ressortir d'ici avec une inlunation! Tu parles d'un choix!

— Je te parie qu'on échappera aux deux! s'exclamat-elle d'un air volontaire.

— Ah oui? Grâce à une autre de tes solutions géniales, peut-être? Évidemment, naine comme tu es, tu n'as qu'à patienter dans mon ombre. Mais moi, je fais comment?

— Ce n'est pas juste! se révolta Gylfie. On ne se moque pas de quelqu'un à cause de sa taille, Soren, tu le sais. À Kunir, on estime que c'est très malpoli. D'ailleurs, il y a une association, l'ACPT, l'Association des Chouettes de Petite Taille, qui combat ces piques cruelles et de mauvais goût. Elle a été fondée par ma grand-mère et une de ses amies.

Être traitée de naine l'énervait plus que de se retrouver cloîtrée dans la chambre blanche, apparemment.

— Pardon... N'empêche que je me demande comment on va éviter les rayons ici.

— Soyons rationnels.

—- C'est bien le problème : on ne peut pas être rationnels quand on a une inlunation ! Non, cette fois, je crois qu'on est cuits...

À mesure qu'il prononçait ces mots, l'engourdissement le gagnait. Les yeux de Gylfie clignaient déjà avec une lenteur anormale, elle semblait tout alanguie.

Sous les dards de la lune, les deux oisillons se sentirent de seconde en seconde vidés de leur âme de chouette. Le cerveau de Soren bouillait de confusion, alors que son gésier était pétrifié. Il examina les parois flamboyantes de sa prison, qui lui parurent aussi glissantes que du verglas. Elles formaient un toboggan interminable, et ses souvenirs se mirent à dévaler la pente ; il tenta de les retenir avec ses serres, mais il était exténué. Sur le point de s'assoupir, il savait qu'à son réveil il serait méconnaissable. Lui-même ne se reconnaîtrait pas. Il serait devenu 12-1 et Gylfie, 25-2.

À moins que... Oui! les histoires de Ga'Hoole! Ce fut un déclic: dès le moment où l'idée avait germé dans son crâne, les brumes se dissipèrent. Ses entrailles frémirent. À la simple évocation de ses légendes favorites, il fut requinqué – pas comme Finnie qui était tombée dans les pommes!

— Gylfie! Gylfie! s'écria-t-il en secouant sa copine. Ça te dit quelque chose, le cycle des légendes de Ga'Hoole?

Une onde parcourut Gylfie des pattes à la tête. Elle sursauta et se ressaisit.

— Euh... oui. Mes parents nous les racontaient. On les appelle les Contes d'Antan chez nous.

Au fil de la conversation, les poussins s'animèrent et leur pouls s'accéléra.

— On devrait se les réciter jusqu'à ce que la lune se couche. Peut-être que ça apaisera la brûlure? Elles seront notre bouclier invincible!

Gylfie le dévisagea, émerveillée. Cette effraie était pleine de ressources!

Soren s'y colla le premier.

— Il était une fois une chouette née au pays des mers glacées du Grand Nord, qui se nommait Hoole. En ce temps-là, les royaumes d'aujourd'hui n'existaient pas et la terre était ravagée par des guerres sans fin. Hoole était doté de pouvoirs extraordinaires et certains prétendaient qu'un gentil génie s'était penché au-dessus de son œuf pour lui jeter un charme. Il était capable d'inspirer de nobles exploits à tous ceux qui le rencontraient. Bien qu'il n'eût pas de trône, ses semblables le révéraient comme un roi. Sa générosité sans borne était sa couronne, et son caractère magnanime, son sceptre. Il avait éclos dans un bois aux arbres immenses et droits, sous un ciel scintillant, à cet instant magique où le temps ralentit pour célébrer le passage entre l'année qui s'achève et celle qui commence. Cette nuit-là, la forêt était recouverte d'un magnifique manteau de glace.

Soren déclamait les phrases d'ouverture de « La naissance de Hoole » d'une voix harmonieuse et caressante. Les cœurs des deux petits battaient très fort. En un éclair, ils avaient retrouvé toute leur jugeote et leur sensibilité.

13

Impeccable !

— Je crois que le procédé opère, dit le petit duc
Hulora à l'Ablabbesse supérieure Crocus.

Perchées sur une corniche en surplomb de la cellule,
elles observaient Soren et Gylfie. Elles étaient trop haut
pour entendre Soren réciter à voix basse, et les deux
compères prenaient bien garde de rester immobiles. Dès
que la lune se mit à décliner, elles atterrirent au centre de
la chambre blanche et vrillèrent leurs pupilles dans
celles des poussins.

— Impeccable ! Ils sont parfaits, déclara Hulora.

— Nous sommes parfaits, répéta Gylfie. C'est un
grand bonheur d'être parfaits pour nos maîtres. 25-2 est
très heureuse.

Soren renchérit :

— Et 12-1 se sent pleinement épanoui. Nous écoutons vos instructions.

— Venez, les petits, susurra Hulora. J'étais sûre que tout s'arrangerait.

L'adjointe ne leur avait jamais parlé sur un ton aussi mielleux.

— Maintenant, vous allez avoir la chance de participer à une cérémonie de la Spécialité.

« Crottes de ratons ! » pesta Gylfie en son for intérieur.

— Tu sais, Hulora, se flattait Crocus, on avait remarqué dès le début que ces deux-là étaient des hagards, surtout la chouette effraie. Parfois, je constate qu'après une bonne inlunation, les jeunes rebelles deviennent les meilleurs serviteurs de la cause.

« Tu rêves, espèce de piaf stupide à la cervelle pourrie ! »

À cette heure de la nuit, l'imagination de Soren foisonnait de mots doux.

— Je vois bien la chevêchette à l'entretien des serres de combat et l'effraie à l'*œuforium*.

— Pourquoi pas plutôt le couvoir pour elle ?

Le couvoir ! L'œuforium ! Les serres de combat ! Soren et

Gylfie avaient les méninges en ébullition, mais ils conti-
nuèrent d'avancer en silence, avec la démarche d'ahuri
typique des déboulunés.

— À mon avis, poursuivit Crocus, on devrait les
mettre dans le même groupe, au foyer et au *glaucidium*.
S'ils se regardent dans les yeux souvent, les effets de l'inlunation seront décuplés – des expériences scientifiques
l'ont prouvé.

Gylfie faillit leur rire au bec.

Ils furent donc raccompagnés ensemble au *glaucidium*
de Soren. On informa Casus et Belli qu'ils ne devaient
être séparés sous aucun prétexte et qu'il faudrait dorénavant les forcer à se fixer l'un l'autre à intervalles réguliers.

— D'accord. Vous deux! aboya Belli. Face à face, et
que ça saute!

Ni Casus ni son frère n'aperçurent l'éclat malicieux
qui luisait au fond des prunelles des deux pensionnaires.
À peine eurent-ils le dos tourné que Soren chuchota,
triomphal:

— On a réussi, Gylfie! On a réussi!

La vie suivait son cours monotone à Saint-Ægo. Les nuits étaient les maillons sombres dans la chaîne d'argent du cycle de la lune, ce globe phosphorescent, ventru et vacillant, capable de se faire aussi mince qu'un imperceptible filament de duvet sur la poitrine du plus petit pioupiou.

Soren et Gylfie attendaient sagement la fin de la croissance de leurs rémiges. Chaque jour, Soren se livrait à un inventaire rapide, comptant les plumes qui avaient bien poussé, celles qui pointaient et celles qui lui manquaient toujours. Encore un chouïa de patience, et il serait apte au vol. En renversant la tête et en la pivotant presque à 180 degrés, il pouvait contrôler l'évolution de ses rectrices, les plumes de sa queue ; quand personne ne l'épiait, il s'entraînait à la manœuvrer comme un gouvernail. Il n'y aurait pas de cérémonie du Vol, inutile d'espérer. Pire : il pourrait ne pas être « destiné » à voler, comme la chouette tachetée 12-8, Hortense de son ancien nom – laquelle ne loupait jamais une occasion de souligner que son statut était lié à sa mission confidentielle et à son obscur travail de couveuse.

— C'est incroyable tout ce qu'on a appris, dit Gylfie

un soir, à son retour de la pièce où étaient rangées les serres de combat.

Son optimisme frisait la désinvolture. Elle était persuadée que, lorsque le moment viendrait pour eux de décoller, aucun obstacle ne saurait les en empêcher. D'ici là, il était capital selon elle d'étudier la disposition des canyons et des ravins de Saint-Ægo, afin qu'ils puissent rapporter des plans de l'orphelinat dans leurs royaumes après leur évasion.

— Je suis sûre que tu meurs d'envie de savoir ce que j'ai appris aujourd'hui dans l'armurerie.

Soren ne chercha pas à la contredire et la laissa discourir sans l'interrompre.

— Ces serres métalliques qu'ils enfilent par-dessus leurs griffes pour attaquer – elles ne sont pas fabriquées ici. Ils savent les réparer, les entretenir mais par contre ils sont obligés de ratisser les champs de bataille pour les dénicher.

— Les champs de bataille ? Même si je n'ai pas vécu longtemps à Tyto, je n'ai jamais entendu mes parents parler d'une guerre. Et toi ?

— Heu... J'avoue que non, admit-elle. Et les patrouilles qui nous ont enlevés n'en portaient pas.

— Pourquoi faire? On avait juste quitté le nid et nos griffes étaient encore toutes molles.

Elle écarquilla les paupières comme si Soren venait de lui dévoiler les mystères de Hoole.

— Tu as raison! En fait, ce n'est pas pour nous attraper qu'ils en ont besoin. Ils ont un projet plus vaste... beaucoup plus vaste, dans lequel les orphelins jouent un rôle. Tu te souviens de la troisième légende de Ga'Hoole? Celle où les serpents de mer, ceux qui peuvent à la fois marcher sur terre et nager dans l'eau, manigancent d'attirer tous les oiseaux dans l'océan pour étendre leur règne?

— Oui, souffla-t-il.

— J'ai l'impression que les adultes de Saint-Ægo complotent quelque chose dans ce goût-là.

Soren allait protester, prétextant que l'histoire des serpents n'était qu'un mythe et que de telles créatures n'existaient pas. Mais il comprit que le problème n'était pas là. Ces méchants hiboux étaient de chair et d'os, eux, et peut-être partageaient-ils les ambitions diaboliques de ces êtres imaginaires. Il eut soudain une vision apocalyptique : la forêt luxuriante de Tyto, le désert de Kunir et les autres pays des chouettes balayés de la surface de la planète et remplacés par le paysage rocailleux de Saint-Ægo.

— Donc, ajouta Gylfie, il faut qu'on recueille autant d'infos que possible avant de filer. On doit en découvrir un maximum sur les paillettes, pourquoi elles sont plus précieuses que de l'or, et sur les intentions de Crocus et Hulora. Il sera de notre devoir de renseigner nos familles une fois dehors. Ne t'occupe pas du vol maintenant. Pense plutôt à notre enquête. On connaît déjà le *pelotorium*, on a repéré les réserves de grillons pendant nos tours de corvées, ainsi que l'armurerie. Il ne nous reste plus qu'à briser la coquille de l'*œuforium* et du couvoir...

— Ce sont des endroits top secrets et placés sous haute surveillance, tu te rappelles ?

— Avec 12-8, on ne risque pas d'oublier. Oh ! Glaucis, la voilà qui débarque ! Accroche-toi, Soren, je vais lui faire mon grand numéro de charme, lança-t-elle avec une œillade espiègle.

En moins de deux, son regard était devenu opaque et

elle sautillait vers Hortense en mimant à merveille le poussin débouluné.

— 12-8, tu as l'air si paisible et si contente. Tu t'es sans doute admirablement acquittée de tes fonctions, comme d'habitude. Je présume que ta cérémonie de la Spécialité est pour bientôt.

— Oh! Je n'ai pas besoin d'une cérémonie pour me sentir spéciale. Vois-tu, 25-2, on m'a confié la tâche la plus sacrée et la plus vitale de la pension.

— Je te crois sur parole. 12-1 et moi serions honorés d'être choisis pour une telle mission. Mais nous sommes loin d'avoir tes compétences et tes multiples talents, 12-8. Ah! si seulement nous savions nous montrer dignes d'une telle confiance...

Alors qu'Hortense s'enflait de vanité, une gardienne fondit sur elles.

— 12-8, pas de ça ici: chez nous, l'humilité est la règle!

C'était un petit duc à moustaches. Au milieu de ses plumes hérissées, ses yeux dorés clignèrent en guise d'avertissement. 12-8 rapetissa de moitié en un éclair.

— Oh! je vous demande pardon. Je suis fière de mon

travail, pas de moi-même. Je ne suis là que pour servir une noble cause.

— La cause suprême, insista Gylfie.

Soren sentit que cette remarque anodine cachait en réalité une question : quelle était donc cette noble cause ?

— Bon, j'aime mieux ça, 12-8, rouspéta la femelle petit duc en hochant la tête.

Puis elle repartit vers son perchoir au-dessus de la fosse. Gylfie, qui n'avait pas perdu le nord malgré cette interruption, reprit le dialogue :

— Tu es bien la dernière chouette dont je dirais qu'elle est prétentieuse, 12-8. Au contraire, tu es pour nous un exemple de simplicité. Tu es même plus... Tu es...

Elle cherchait désespérément un adjectif adapté à la situation. « Jamais vu une lèche-pattes pareille ! Que va-t-elle sortir ? » s'ébahissait Soren, qui n'était pas plus inspiré.

— Tu es... *superglaucidesque* !

Hortense et Soren en restèrent muets d'étonnement.

— Mon ami et moi, nous adorerions être affectés à l'*œuforium* et atteindre ton niveau d'excellence.

— Tes compliments me vont droit au cœur, 25-2, répliqua Hortense. Ils m'encouragent à persévérer dans ma quête et mes efforts.

Là-dessus, elle s'éloigna d'un pas plus nonchalant que jamais.

— Ça veut dire quoi, « superglaucidesque » ? s'enquit Soren dès qu'ils furent à l'abri des oreilles indiscrètes.

— Aucune idée, je l'ai inventé ! répondit Gylfie, l'œil pétillant. J'ai trop hâte d'entrer dans l'*œuforium* et le couvoir !

14

L'œuforium

Le lendemain, Soren était de retour à son poste au *pelotorium*. Il avait été promu trieur de catégorie B, si bien qu'il se retrouvait, à son grand désarroi, à débiter le discours de présentation que 47-2 lui avait tenu à son arrivée.

— Je suis 12-1. Je serai votre guide dans le *pelotorium*. Suivez-moi.

Il s'était familiarisé avec cette diction morne et mécanique qui était si particulière. Lorsqu'il vit Gylfie débouler avec un plateau de pelotes fraîches, il pria de toutes ses forces pour qu'elle lui annonce la nouvelle tant attendue.

— L'œuforium! Je peux nous avoir des places à la sélection des œufs. Ils acceptent les débutants. Un camarade dans l'aire de stockage des pelotes m'en a touché un mot : il paraît qu'ils ont un souci de gale au couvoir.

— Qu'est-ce que ça veut dire ?

— Ben... Tout ce que je sais, c'est qu'ils y ont muté des ouvriers de l'*œuforium* parce qu'il leur fallait du renfort.

— Tu es sûre qu'on trouvera des indices sur les intentions de Crocus là-bas ? Et sur l'utilité des paillettes ? Et un plan pour s'échapper d'ici ? J'en ai marre ! C'est comme une charade : on a de plus en plus d'éléments sauf qu'on n'est toujours pas fichus de recomposer le tout. Tu penses qu'on sera prêts à voler quand ?

Plus il parlait, plus il s'emballait.

— Calme-toi, Soren. L'issue est proche, je le sens.

Ils furent accueillis dans un petit vestibule par un gros harfang perché au-dessus de leur tête.

— Bienvenue à l'*œuforium* ! lança-t-il d'un hululement guttural. Travailler ici est un immense honneur, sachez-le. Vous disposerez d'un passe provisoire. Hélas, vous tombez au pire moment puisque nous avons ces temps-ci une épidémie de gale. Votre mission étant temporaire, vous ne serez pas classés DPV. En revanche, avant de quitter notre département, vous serez soumis à une procédure bénigne qui effacera de votre mémoire les informations qui vous auront été révélées ici.

— L'inlunation, murmura Gylfie. Mais on connaît la parade.

— Ouaiche, acquiesça Soren, qui était encore tout ému à la perspective de ne pas être DPV.

— Maintenant, accompagnez-moi à l'intérieur.

Les poussins s'étranglèrent en chœur. Même une chouette déboulunée au dernier degré aurait été sensible à la scène qui se déroulait devant eux. Des milliers et des milliers d'œufs, de diverses tailles et d'un blanc immaculé, scintillaient au clair de lune. Tout en les examinant, les ouvriers chantaient :

> *Trions les œufs et formons des rangées,*
> *En cadence et avec dextérité.*
> *Petits ducs, chevêchettes et harfangs,*
> *Par centaines gonfleront bientôt nos rangs,*
> *Chouettes effraies, lapones ou rayées,*
> *Seront de Saint-Ægo la joie et la fierté.*

Notre tâche nécessite discrétion,
Délicatesse et application.
C'est vrai qu'ici, nous ne volons pas,
Mais de notre mérite le futur dépendra,
Car telle est notre sublime vocation :
Assurer l'avenir de notre chère pension !

Les instructions étaient limpides. La première étape consistait à récolter des œufs de sa propre espèce – les plus faciles à identifier. Ensuite, les trieurs devaient les faire rouler jusqu'à une zone intermédiaire, d'où ils seraient transportés au couvoir par des collègues plus vieux et expérimentés.

Soren était stupéfait. Noctus et Marella ne s'étaient pas trompés : des œufs avaient été dérobés ! « Effroyable » était le terme qu'avait employé sa mère pour qualifier ce crime. *Effroyable.* Les œufs subtilisés étaient là, sous ses yeux. Il se mit à trembler et réprima un haut-le-cœur.

— Par pitié, ne me fais pas le coup de piquer dans les orties ! siffla Gylfie.

— Pff, n'importe quoi...

En cas d'émotion violente, il n'était pas rare que les ailes d'un oiseau se bloquent et qu'il chute à la verticale avant de s'écraser au sol : il se tétanisait. On disait familièrement qu'il piquait dans les orties. Tout poussin bien éduqué savait qu'aucune espèce n'était à l'abri de ce phénomène.

Le travail à l'*œuforium* n'avait rien de sorcier. Mais à chaque œuf d'effraie qu'il dénichait, Soren se demandait avec angoisse de quel nid il provenait et si ses parents étaient amis de ceux du petit qui dormait dans la coquille. Par chance, le couloir réservé aux chevêchettes longeait le sien et il pouvait bavarder avec Gylfie.

— Je n'ai toujours pas repéré 12-8... enfin, Hortense, glissa-t-il.

— Non, elle est au couvoir. Il faut qu'on aille jeter un œil.

— Comment on entrera ?

— Je ne sais pas, je vais y réfléchir.

Juste avant la relève, Gylfie trouva une solution.

— Toi !

— Quoi, moi ? s'alarma Soren.

— Tu serais parfait au couvoir.

— Hein ? Tu es dingue ou quoi ? Je suis un mâle, je te signale. Les mâles ne couvent pas.

— Si, parfois, dans les territoires où il fait très froid.

— Dommage : on est dans une région chaude. Pourquoi pas toi plutôt ?

— Ils n'ont pas besoin de chevêchette en ce moment. Par contre, il leur manque une effraie ! Je te promets, j'ai surpris des conversations. Je te jure qu'il y a déjà plein de mâles là-haut.

— Comment ça, « là-haut » ?

— Soren, j'ai l'impression que l'étage du couvoir est encore plus élevé que la bibliothèque... Je crois qu'il est très près du ciel.

Elle marqua une pause pour ménager son effet dramatique puis ajouta :

— Je pense que c'est l'endroit idéal pour décoller.

Le sang de Soren ne fit qu'un tour.

— D'accord. J'y vais !

— Ouais ! Voilà qui est parler !

La minuscule Gylfie se haussa sur la pointe des griffes

pour lui donner une bourrade amicale. Elle voulait qu'il sache que même s'il couvait des œufs, il n'en serait pas moins un vrai dur.

— Quant à moi, je vais faire en sorte d'être nommée ravitailleuse de mousse.

15

Le couvoir

Soren intégra donc l'équipe des chouettes effraies au couvoir. Elle comptait déjà trois membres, deux femelles et un mâle. Ce travail était moins humiliant qu'il ne l'avait craint. Lorsqu'il était de service de nuit, il était dispensé d'aller au *glaucidium*; en plus, on lui proposait sans cesse à manger. La pension bichonnait ses couveurs et couveuses. Il y avait en permanence quelqu'un qui circulait entre les nids en braillant:

— Qui veut un ver de terre bien gras, tout frais livré de Tyto? Un morceau de serpent, un campagnol? Un écureuil roux, peut-être?

Ça, pour la nourriture, rien à dire! De son côté, Gylfie avait accédé à un poste de ravitailleuse de mousse. Quand leurs emplois du temps coïncidaient, ils jacassaient à loisir. Elle n'avait qu'à multiplier les allers-retours vers l'emplacement de son copain, qu'elle garnissait chaque fois d'une faible quantité de mousse et de duvet. Soren couvrait quatre œufs – des protégés qu'il jugeait encombrants. Il s'était figuré qu'un nid d'effraie n'en contenait jamais plus de deux ou trois, mais, après tout, qu'en savait-il?

Au deuxième soir, alors qu'il était en train de songer aux avantages de sa nouvelle condition, sa voisine fit entendre une voix éteinte, caractéristique des déboulunés:

— Alerte à la fissure. Alerte à la fissure. Dent d'éclosion visible.

Deux chouettes rayées accoururent. Soren sentit son gésier frémir d'excitation. Il se pencha pour ne rien rater du spectacle: l'œuf était parcouru de légères secousses, comme l'avait été celui d'Églantine à quelques minutes de sa naissance. Que ce jour-là lui semblait loin maintenant! Les autres restaient de marbre. Pas un ne s'extasiait ni ne criait: «Ça vient! On y est presque!»

L'œuf se balança et Soren aperçut le petit trou avec la dent, pâle et brillante, qui dépassait.

— Bon, gronda la première chouette rayée sur un ton glacial. Assez patienté. On va l'ouvrir.

En quelques coups de serres vigoureux, elle et son acolyte achevèrent de fendre la coquille. L'une en extirpa avec fermeté la créature grelottante et humide, tandis que la seconde retournait la coque vide.

— Renversement effectué. Éclosion du matricule 401-2 enregistrée.

Puis sa collègue lâcha l'oisillon sans précaution. Soren était sous le choc. Il s'attendait à des « Qu'elle est mignonne ! », « Quel amour ! », ou « C'est une fille ! ». Mais les applaudissements de circonstance furent remplacés par un dialogue aussi bref que sordide :

— Tiens, on a attaqué la série des 400.

— Oui, c'est un franc succès.

Un flot de colère envahit Soren, partant de son gésier pour se répandre jusqu'à l'extrémité de ses griffes et de ses plumes neuves. Un « franc succès » ! C'était surtout la chose la plus horrible et méprisable à laquelle il lui ait été donné d'assister. Il en était à se demander s'il n'aurait pas mieux valu pour cette chouette qu'elle soit morte dans l'œuf plutôt que de grandir dans cet enfer. Gylfie et lui devaient apprendre à voler, et s'évader dare-dare. Où était-elle passée, d'ailleurs? Il espérait qu'elle allait rappliquer à temps pour voir ça. Il tordit le cou dans toutes les directions, mais la chevêchette était introuvable.

Au cœur de la nuit noire, Gylfie avait profité d'une pause pour s'introduire dans une profonde brèche, d'une largeur parfaite pour un oiseau de sa taille. De sa cachette, elle épiait Hortense. Celle-ci étant devenue experte dans l'art de s'étaler sur beaucoup d'œufs à la fois, on lui avait attribué un nid spacieux sur une longue corniche, un peu à l'écart.

La chouette tachetée, qui était grande pour son âge, s'adonnait à une activité des plus étranges: elle s'était levée et délogeait un des œufs de son tapis de mousse. Gylfie faillit pousser un cri en le voyant tanguer au bord du précipice, quand soudain un éclair traversa le ciel. Un rond blafard, genre de lune miniature recouverte de plumes, flottait dans l'obscurité. Gylfie écarquilla les paupières: le crâne d'un pygargue à tête blanche! Elle avait eu l'occasion d'admirer ces sortes d'aigles dans le désert, autrefois. Celui-ci était géant, il avait une envergure incroyable. Il atterrit sur le rebord et prit l'œuf entre ses serres. Pas un mot ne fut échangé. Gylfie ne distingua qu'un doux soupir tandis que 12-8 regrimpait dans son nid.

Elle rejoignit Soren à l'aurore, à l'heure de rentrer au foyer. Ils étaient si pressés de se raconter leurs aventures qu'ils se disputèrent la priorité. Lassée de se chamailler, Gylfie finit par lâcher son scoop :

— 12-8 est une infiltrée !

— Quoi ?

Soren était déconcerté. L'histoire pourtant atroce de l'éclosion n'était qu'une ridicule anecdote en comparaison de cette nouvelle stupéfiante.

— Une espionne ! beugla Gylfie à s'en écorcher le gosier.

— Heu : on parle bien de la même 12-8 ? Hortense ?

— Elle n'est pas plus 12-8 que je ne suis 25-2, et toi... Euh, c'est combien toi, déjà ? Pas moyen de m'en souvenir.

— 12-1, maugréa-t-il. Chut, la voilà !

Hortense les rattrapa en trottinant.

— Il paraît, 12-1, que tu es un excellent couveur. Tant mieux. Selon moi, c'est une responsabilité très gratifiante – non que j'en tire un quelconque orgueil personnel, mais chaque naissance me comble de bonheur.

— Merci, 12-8, répondit Soren d'une voix plate.

— Quant à toi, 25-2, j'ai cru comprendre que tu réalisais un très bon travail comme ravitailleuse de mousse. Tu auras sans doute une promotion sous peu et tu pourras devenir toi aussi une couveuse pour les plus petits œufs. Je suis certaine que tu t'épanouiras pleinement dans cette tâche.

Gylfie hocha la tête, estomaquée. Quelle comédienne, cette Hortense !

Au cours des deux nuits suivantes, Hortense fut au centre de tous leurs bavardages.

— Dès qu'elle sera seule, on l'aborde, suggéra Gylfie. On n'a qu'à lui dire : « Hortense, il ne nous a pas échappé que... »

— « Il ne nous a pas échappé » ? Gylfie, tu l'as espionnée ! Si tu lui sors un truc pareil, elle va penser que tout le monde a remarqué quelque chose. Cela va la rendre nerveuse.

— Oui, tu as raison.

— De toute manière, pourquoi veux-tu discuter avec elle ?

— Pourquoi ? Et si elle faisait partie d'une organisation clandestine ? S'il y avait vingt Hortense à Saint-Ægo ? Un réseau de... de chouettes résistantes et prêtes à en découdre ? Peut-être qu'une insurrection se prépare.

— C'est quoi, une insurrection ?

Elle roula les yeux au ciel.

— Ça ressemble à une guerre, avec d'un côté les forts, et de l'autre les faibles. Comme quand les petits se révoltent contre les gros méchants, par exemple.

— Ah...

— Écoute, il est essentiel qu'elle devienne notre amie. Son nid est situé sur le point culminant de Saint-Ægo et c'est de là que nous décollerons... Regarde-moi, Soren, lui ordonna-t-elle en venant se planter sous son bec.

— Quoi ?

— On doit apprendre à voler. Maintenant !

16

Toute la vérité sur Hortense

D'abord, il fallait établir le contact avec Hortense. Pour cela, ils devaient choisir le bon moment, et surtout les mots justes. Le soir même, Soren s'arrangea pour prendre sa pause pendant la tournée de Gylfie. Il obtint sans difficulté l'autorisation d'aider sa camarade à distribuer de la mousse, car il y avait toujours pénurie d'ouvriers au couvoir. Ensemble, les deux oisillons marchèrent jusqu'à la corniche où, cette nuit-là, Hortense chauffait au moins huit œufs.

— Ouf! souffla Soren. C'est haut!

— Ce n'est rien, frima Gylfie en sautillant. On s'y habitue, tu verras. Allez, tu connais le plan. À toi de jouer!

Il avait répété le début de son discours. Il avait décidé

qu'il commencerait par «Hortense»; la suite était assez simple.

À l'approche du sommet, le vent rugissait. Des nuages noir argenté traversaient le firmament à vive allure et les étoiles tournoyaient. Ébahi, Soren redécouvrait son environnement naturel, le véritable royaume des oiseaux nocturnes. Ces sensations le revigorèrent et le remplirent d'optimisme.

— Je vous souhaite la bienvenue dans mes modestes quartiers, 25-2 et 12-1, dit Hortense.

Soren lui apporta la mousse, avec laquelle elle entreprit de combler les trous et d'égaliser sa litière.

— Hortense!

À ce mot, elle se redressa et cligna des paupières, singeant la mine hébétée des déboulunés.

— Ils ne sont pas modestes. C'est formidable, ici. Toutes les chouettes aiment être en altitude, à respirer la brise, à contempler le ciel, bercées par les battements de cœur de la nuit.

«Ouah!» s'émerveilla Gylfie. D'accord, il ignorait le sens du terme «insurrection», mais il savait causer.

— Et tu es une chouette, Hortense, une chouette tachetée.

— Je suis 12-8.

— Non, tu es Hortense.

La chevêchette prit la parole avec douceur :

— Hortense, inutile de t'obstiner. Je t'ai vue en train de livrer un œuf à un aigle. Tu es brave, rusée, et tu n'es pas plus déboulunée que nous.

La jeune couveuse cilla. Le voile terne sur ses yeux se leva, fondant comme neige au soleil. Débarrassés de cette expression figée et niaise, Soren les trouva magnifiques. Ils étaient d'un brun intense, qui lui rappelait la mare qu'il apercevait depuis le nid de ses parents, avec en plus des reflets scintillants. Son crâne était parsemé d'éclaboussures blanches et son corps moucheté de taches ambrées et mordorées, ainsi que de discrets points clairs qui luisaient, tels des astres timides.

— Alors tu m'as surprise en flagrant délit ? Moi aussi, je me posais des questions à votre sujet.

— Nous, on ne se doutait de rien, s'empressa d'affirmer Soren. Enfin, jusqu'à hier.

— Sommes-nous les seuls à ne pas être déboulunés ici ? demanda Gylfie.

— Oui, je pense.

— Comment es-tu arrivée à la pension ? Et comment as-tu résisté au déboulunage ?

— Ah ! C'est une longue histoire ! En ce qui concerne le déboulunage, je n'ai pas vraiment d'explication. Là d'où je viens, il y a une rivière qui foisonne de ces paillettes que les trieurs récupèrent dans les pelotes.

— Elles sont en quoi ?

— Je n'en sais rien. Elles s'éparpillent dans l'eau, la terre et sur les rochers. Il paraît qu'on les rencontre partout, mais dans ma région du pays d'Ambala, il existe une réserve importante qui contamine les ruisseaux et les fleuves. C'est à la fois une chance et une malédiction pour nous. Si elles donnent à certains des pouvoirs hors du commun, elles ont sur d'autres des conséquences catastrophiques, notamment sur les capacités de navigation. Par exemple, ces paillettes ont fini par rendre ma grand-mère zinzin. En revanche, mon père, son fils, a le don de voir à travers la pierre.

— Quoi ? Impossible !

— Je vous jure. Mon frère, lui, est devenu aveugle très tôt. On ne sait jamais à l'avance comment elles peuvent vous affecter. Dans mon cas, il est vraisemblable qu'elles m'ont permis d'être moins sensible à la lumière de la lune. Mais cela ne vous dit pas comment j'ai atterri ici. Ce n'était pas un accident. Je suis entrée à l'orphelinat de mon plein gré.

— De ton plein gré ? s'exclamèrent les deux visiteurs.

— Je vous ai prévenus que ce serait une longue histoire.

— Pas de problème : je suis en pause, assura Soren.

— Et personne ne remarquera mon absence, ils manquent de surveillants en bas, affirma Gylfie.

— Bon. Déjà, je suis beaucoup plus âgée que je n'en ai l'air. Je suis adulte.

— Hein ?

Les deux oisillons n'en revenaient pas.

— Je ne vous mens pas. J'ai éclos il y a presque quatre ans.

— Quatre ans ! s'écria Soren.

— Oui. Je soupçonne les paillettes d'avoir bloqué ma croissance. J'ai toujours été petite, pas plus grosse qu'un

jeune à peine emplumé. Mes rémiges ont poussé tardive-
ment et j'ai un peu contribué à ralentir le processus.

Elle fourra son bec dans le nid et en tira une belle
plume marbrée de marron et de blanc.

— Tu as mué ? l'interrogea Soren.

Il avait eu droit à une cérémonie de la Mue lorsqu'il
avait perdu son duvet de bébé et sa maman avait même
conservé ses premières plumes en souvenir.

— Non. Je me les suis arrachées.

— Tu te plumes ? hurlèrent Soren et Gylfie, horrifiés.

Leur réaction amusa Hortense ; elle émit un adorable
chuintement qu'en vérité aucune chouette déboulunée
n'aurait pu imiter. L'œil pétillant, elle avoua :

— Je suis une authentique DPV ! Pas à cause de ma
mission top secrète, mais de mon plumage atrophié. Cela
s'imposa comme une évidence pour moi.

— Quoi ?

— L'idée de m'infiltrer ici, pour tenter de saisir ce qui
s'y tramait. Dans la forêt d'Ambala, le bilan des dégâts
dus aux patrouilles de Saint-Ægo s'alourdissait de
semaine en semaine. Des poussins et des œufs se volatili-
saient à une cadence ahurissante. Il fallait réagir. Donc

consentir à des sacrifices. Un courageux compatriote, Cédric, a sacrifié un de ses œufs pour pister une patrouille et il a décelé ce labyrinthe de canyons où nous sommes. Puis je me suis dévouée à mon tour. J'avais renoncé à mener une existence normale avec mes plumes rabougries: aucune puissance, élévation nulle, coefficient de traînée médiocre. Je n'ai jamais pu voler bien longtemps. Qui aurait voulu de moi pour compagne? Incapable de chasser ni d'enseigner le vol à sa nichée, quelle mère aurais-je faite? Bref, je m'imaginais déjà en vieille solitaire aigrie, dépendante des autres pour la nourriture, contrainte d'occuper les creux les moins confortables, au ras du sol, avec les vers et les asticots – une de ces chouettes pathétiques à qui les petits sont obligés de rendre visite de temps en temps. Ce genre de vie-là, très peu pour moi. J'en étais malade. Alors j'ai résolu de mettre mon handicap au service d'une noble mission: en l'occurrence, empêcher les détraqués de Saint-Ægo de prendre le contrôle de tous les royaumes de chouettes et de hiboux. Car tel est leur objectif – vous le saviez, n'est-ce pas?

Soren et Gylfie confirmèrent d'un signe de tête.

— Les œufs sont un élément primordial dans leur stratégie de conquête. Je me démène depuis que je suis au couvoir et j'en ai déjà sauvé plus de vingt. Les habitants d'Ambala collaborent avec les immenses pygargues à tête blanche. Ce sont de précieux alliés, mieux armés que nous pour accoster cet endroit. La majorité de ces rapaces nichent dans des crevasses rocheuses et ils connaissent le territoire sur le bout des griffes. Et puis c'est le seul oiseau qui paralyse de frousse nos ravisseurs. Vous avez noté la cicatrice sur l'aile de Crocus? Vestige d'un duel avec un pygargue.

— Comment es-tu venue jusqu'ici si tu ne peux pas parcourir de grandes distances? s'enquit Soren.

— Grâce à une technique particulière, nom de code: Halo.

— Halo?

— Cela désigne un mode de parachutage; le largage se fait à haute altitude et tu descends en piqué. C'est fastoche: tu attends une journée où les nuages sont épais pour mieux te camoufler. Je m'étais plumée à blanc pour être invisible.

Soren grimaça en repensant à sa douloureuse séance de thérapie.

— Deux gros harfangs qui se fondaient à merveille dans le ciel nébuleux m'ont déposée à l'entrée de la pension, où se trouve un bosquet aux sentiers revêtus de mousse – c'est d'ailleurs là qu'on s'approvisionne pour les besoins du couvoir. Ils m'ont larguée pile au-dessus.

— Tu aurais sauvé une vingtaine d'œufs ?

— Exact. Maintenant, mes exploits sont célèbres à Ambala. Je suis devenue une héroïne !

Apparemment, la véritable Hortense se moquait bien du devoir d'humilité cher à Saint-Ægo...

— Mais, protesta Soren, ta vie ne peut pas s'arrêter là. Tu ne vas quand même pas croupir ici à tout jamais.

— Les pygargues m'ont promis de me ramener. Cependant je leur dis toujours : « Encore une petite douzaine et je rentre. » J'ai pris goût à cette aventure !

— Il y a pourtant des risques, pointa Gylfie.

— La plupart des actions qui valent la peine d'être accomplies comportent des risques... Et croyez-moi, celle-ci vaut vraiment la peine.

— On a décidé de s'évader. Tu nous accompagnes ? proposa Soren.

— Par quel moyen ? Je ne sais pas voler. Vous non plus, du reste.

— On va apprendre ! rétorqua Soren d'un air farouche.

— Ah ! D'accord.

Hortense avait répondu avec un trémolo dans la voix qui fila la chair de poule à ses deux camarades. Lorsqu'elle s'aperçut qu'elle les avait effrayés, elle ajouta gaiement :

— Oh ! Ne vous inquiétez pas. Je suis certaine que vous allez réussir. À qui possède une belle paire d'ailes, rien n'est insurmontable. Laissez-moi les examiner.

Dociles, ils les déployèrent.

— Parfait, sensationnel, chuchota-t-elle. Tes tectrices sont bien sorties, Soren. Les fentes sont régulières à l'extrémité des primaires, ce qui est capital pour maîtriser la résistance, surtout en zone de turbulences. Vos barbes et barbules sont encore un peu molles mais elles vont durcir et se raidir. Vous ferez tous deux de splendides navigateurs !

— Tu pourras nous montrer les pygargues, demain? demanda Soren.

— Eh bien... Ils arrivent juste avant les premiers feux de l'aube.

— Je me porterai volontaire pour enchaîner le service de nuit et celui du matin, comme ça je pourrai monter ici, s'enflamma Gylfie. Et toi, Soren, tâche d'avoir une pause au bon moment.

17

Priorité : sauver l'œuf

— Matricule 32-9 appelé à se présenter au couvoir ! Une énorme chouette effraie se planta face à Soren. Celui-ci se glissa hors de son nid et partit aussitôt chercher Gylfie. Il la croisa sur le chemin jonché de décombres qui conduisait aux quartiers privés d'Hortense et, ensemble, ils entamèrent l'ascension.

— Pas de doute, dit Soren en luttant contre les rafales, le promontoire où niche Hortense sera l'endroit idéal pour sauter. On rebondira forcément sur une brise, il y en a toujours une qui souffle là-haut. Impeccable !

Quand ils la rejoignirent, Hortense était déjà en train de rouler un œuf vers la pointe du rocher.

— On peut t'aider ? offrit Soren.

— Merci, c'est gentil, mais il vaut mieux que je le fasse toute seule. Moins on sera nombreux à tripoter cet œuf, moins le poussin sera perturbé à l'éclosion... Ah! la voilà! s'écria-t-elle. Son compagnon n'est pas là aujourd'hui, il doit être très pris. Je suis émue chaque fois que je vois ses ailes de géante. Elle est magnifique, non?

Soren discerna une tête pâle, plus étincelante que les étoiles, surgissant dans le ciel gris perle de l'aurore. L'envergure de l'oiseau était impressionnante. Le jeune mâle était si fasciné qu'il n'entendait pas Gylfie siffler désespérément. Au bout de quelques secondes, un bec pointu le piqua à la cuisse.

— Soren, vite! Quelqu'un approche!

Des bruits de pas résonnaient depuis le sentier. Gylfie se précipita vers une étroite fissure, beaucoup trop exiguë pour une effraie.

— Viens! Mais viens! On va se serrer. Elle est plus large qu'il n'y paraît.

Si elle trépignait de panique, Soren, lui, avait les pattes coupées et il rétrécissait à vue d'œil – car quand une chouette est terrifiée, ses plumes pendouillent et se plaquent contre son corps, donnant l'illusion qu'elle rapetisse. Il finit par se caser dans la fente qui, en effet, s'évasait en profondeur, en espérant qu'il n'écrabouillait pas son amie. Ils retinrent leur respiration, tandis qu'une scène abominable se déroulait à quelques pas d'eux.

— 12-8!

Le cri ébranla le roc. «Nom de Glaucis! Crocus, Hulora, Casus, Belli... et Tatie!» Cette dernière écumait de rage. La lueur jaune de ses prunelles, si douce d'habitude, était brûlante et dure.

— J'avais raison de me méfier d'elle! glapit-elle en extirpant Hortense du nid où elle s'était réfugiée.

Le fragile œuf, illuminé par le soleil levant, vacillait au-dessus du vide. Soren fixait la coquille vulnérable qui se découpait en contre-jour, en se répétant sans cesse qu'il aurait pu s'agir d'Églantine. Cette pensée l'emplissait d'effroi. Avec cet œuf, c'était le monde des chouettes et des hiboux qui était en équilibre précaire au bord du gouffre. Il symbolisait le futur pour lequel ils devaient se battre et représentait tout le mal dont étaient capables les chouettes démoniaques de Saint-Ægo.

L'aigle planait, indécis, quand un hululement lugubre retentit.

— Sauve l'œuf! Ne t'occupe pas de moi! Sauve l'œuf! s'égosilla Hortense.

La corniche fut soudain plongée dans l'ombre et des plumes se mirent à voltiger en tous sens. Elles envahirent l'espace, tourbillonnant dans la lumière rose et scintillante du frais matin. Le gigantesque rapace était partout à la fois. Hortense continuait de gémir :

— Sauve l'œuf ! Sauve l'œuf !

Tatie était la combattante la plus féroce – une tornade blanche et furibonde, les mandibules ouvertes prêtes à déchiqueter son adversaire et les griffes tendues vers les yeux du pygargue comme pour les lui arracher. Un flot d'insultes jaillissait de son bec.

— Tuez-la ! Tuez-la ! vociférait-elle.

Son visage n'était plus qu'un masque de pierre troué d'un crochet noir et de deux boules de feu, aveuglant de haine.

D'un violent coup d'aile, l'aigle l'envoya au tapis avant de s'emparer de l'œuf et de s'élancer dans les airs.

La voix d'Hortense diminuait. Elle semblait s'éloigner et s'éteindre peu à peu, comme si... comme si...

Soren et Gylfie se jetèrent un regard désemparé. Deux grosses larmes perlèrent aux paupières de Soren.

— Elle est tombée, hein, Gylfie ?

— Oui, ils l'ont poussée.

Tatie était penchée au côté d'Hulora, au-dessus du précipice.

— Au revoir, triompha-t-elle en agitant une aile en lambeaux. Au revoir, 12-8, pauvre imbécile !

Son roucoulement se transforma en un rire cruel qui glaça Soren jusqu'aux os.

— Au moins, l'aigle a eu l'œuf, murmura Gylfie.

— Oui.

Ainsi s'acheva l'ultime chapitre des aventures de la vaillante Hortense d'Ambala.

À l'abri dans leur cachette, Soren et Gylfie écoutèrent la conversation entre Tatie, Hulora et Crocus. Elles insistèrent pour que rien de ce qui s'était passé ne soit divulgué. Tatie avait repris son ton mielleux, bien connu des oisillons. Elle minaudait, s'étonnant que 12-8, qu'elle avait crue si bien déboulunée, se soit à ce point écartée du droit chemin sous sa direction.

L'*œuforium* fut fermé pour une brève période. Les ouvriers dotés d'une autorisation de travail temporaire durent subir une inlunation dans la flamboyante chambre blanche. Gylfie et Soren survécurent à l'inlunation en se racontant les Contes d'Antan, comme les appelait la chevêchette. Soren, remarquable conteur, en inventa même un, qu'il dévoila épisode par épisode sous les sévères rayons de la pleine lune.

— Il était une fois une chouette d'un courage sans pareil, aussi belle que généreuse, aux yeux d'un brun chaud et profond, où brillaient de minuscules soleils. Elle était infirme, mais de sa faiblesse elle sut tirer une grande force. Animée par ses idéaux, éprise de liberté, elle n'hésita pas à sacrifier la sienne ; derrière les rochers accrochés au flanc du mont des Perfides, elle mena sa propre guerre.

Son récit captivant se prolongea tant que dura le déclin de l'astre laiteux vers l'horizon.

18

Une nuit sanglante

À présent, la lune n'était plus qu'un mince croissant dans le ciel et, le lendemain, elle disparaîtrait. La dernière nuit de pleine lune dans la chambre blanche avait été interminable. Mais Soren et Gylfie avaient tenu bon.

Soren enfouit son bec dans ses plumes, qui n'avaient cessé de s'étoffer depuis les compliments d'Hortense.

— Ouah! ces primaires, Soren, et ce peigne! Comme je t'envie, le flatta Gylfie.

Il lissa son «peigne» avec tendresse. Celui-ci formait une couche vaporeuse de fines plumes au-dessus de ses rémiges, sur le bord antérieur de ses ailes. Sa maman lui avait expliqué qu'il fallait en prendre soin chaque jour car il était précieux. Parmi les oiseaux, seules les chouettes, et encore pas toutes, en possédaient un. Gylfie, par exemple, en était dépourvue. C'était grâce à lui que les effraies volaient dans un silence absolu. «Il est aussi essentiel pour chasser qu'un bec acéré et des serres agiles», affirmait Marella. Ce discours, évidemment, s'adressait surtout à Kludd, qui ne se souciait guère que de son bec et de ses griffes.

— Gylfie, tu crois que d'ici une lune, on sera prêts à déguerpir?

— Oui.

Soren observa son amie et eut un pincement au cœur. Elle pourrait déjà être à des lieues de là. Avec son plumage tacheté de fauve et de gris et les surprenantes touffes blanches qui dessinaient de jolis arcs de cercle autour de ses yeux, elle semblait si mature. Elle était devenue une adorable chevêchette elfe.

— Gylfie, soupira-t-il, tu pourrais y aller. Regarde-toi.

— Nous avons eu cette conversation auparavant. Je te le répète : je vais attendre.

— Je sais, je sais. Je veux juste que tu y réfléchisses.

Il hocha la tête et l'inclina sur le côté d'un air interrogatif.

— Soren, nous n'avons toujours pas pénétré la bibliothèque et j'ai dans l'idée que...

Il ne put s'empêcher de l'interrompre. Il ne comprenait pas, pour l'amour de Glaucis, pourquoi Gylfie était si déterminée à entrer dans cette satanée bibliothèque. Les paillettes étaient un mystère intéressant à élucider – mais quel rapport avec leur évasion? Certes, elle était située dans une partie élevée du canyon, près du ciel, et leurs chances de retourner au couvoir depuis le drame d'Hortense étaient nulles. Ce fut précisément l'argument de Gylfie:

— C'est mon gésier qui me le dit, Soren. Si on peut entrer dans la bibliothèque, on trouvera peut-être une autre issue de secours. De toute manière, il faut patienter jusqu'au retour de Scrogne.

— Pourquoi n'a-t-on pas pensé à questionner Hortense au sujet de Scrogne?

— Ça m'étonnerait qu'elle ait su quoi que ce soit à propos de lui. D'ici, elle ne connaissait pratiquement que le couvoir.

— Tu as sans doute raison. Mais à quoi bon aller dans la bibliothèque, même si c'est le meilleur endroit pour décoller, si on ne peut pas voler ? Il faut qu'on apprenne et on a intérêt à faire fissa. On ne sait rien des techniques de navigation en dehors des vagues souvenirs qu'on a des recommandations de nos parents à nos frères et sœurs. Comment va-t-on s'entraîner ? Déjà il n'y a pas de branches. Et essaye de sautiller de-ci de-là ou de faire n'importe quel truc que font les chouettes de notre âge, et les surveillants vont rappliquer encore plus vite que si on avait posé une question.

— Oui, on doit régler ce problème.

— Tu n'as pas peur de prendre des risques pour rien ? Pourvu qu'on réussisse...

Gylfie s'aperçut bientôt que Soren s'exerçait d'une façon très subtile pendant qu'ils croquaient leur ration de grillons, un soir dans le *glaucidium*. La petite effraie avait étendu les ailes et les faisait gonfler : il avait adopté ce qu'on nommait la « première position » dans l'apprentissage du vol. Il pivota vers 47-2, la jeune femelle qui les avait guidés au *pelotorium* à leur arrivée – selon Gylfie, la créature la mieux déboulunée de Saint-Ægo.

— C'est simplement pour voir ce que ça fait, se justi-fia-t-il.

Sûr que 47-2 ne dérogerait pas au règlement pour lui demander de quoi il parlait, il poursuivit dans l'espoir de lui soutirer quelques informations.

— On doit avoir des sensations géniales quand on décolle, lança-t-il en se penchant légèrement en avant. D'instinct, je sais déjà où les bulles d'air vont me cha-touiller.

— Oh, oui, répondit 47-2, les ailes molles, le regard vide et immobile. L'envie va te passer. Je me rappelle que je l'éprouvais au début. Ne t'inquiète pas, ça ne dure pas.

« Pourquoi je serais inquiet ? » Soren n'osa pas formuler cette question qui lui démangeait le bec. Gylfie était tout aussi troublée. Une terreur froide se répandit dans leurs veines. Alors les DPV, les chouettes Destinées à ne Pas Voler, ne seraient pas seulement celles du couvoir et de l'œuforium ? Il y en aurait également au pelotorium ?

— Tu seras soulagé et mieux dans ta peau lorsque tu seras débarrassé de ces pulsions de vol, reprit 47-2.

— Mais..., bafouilla-t-il, je les aime beaucoup, moi, mes pulsions de vol. Elles me font des guili dans les ailes.

— Elles vont vite t'agacer, fais-moi confiance, et tu seras bien content quand les chauves-souris viendront.

Les chauves-souris? Quelles chauves-souris?

— Je n'ai vu aucune chauve-souris par ici, fit-il innocemment.

— Elles surgissent avant la nouvelle lune, une fois sur deux environ, pour nous délivrer de notre désir de voler. Cependant, je crains que ce ne soit trop tôt pour toi. Tu vas devoir attendre un cycle complet.

Une centaine de points d'interrogation se bousculaient dans la cervelle de Soren. Mais 47-2 ne s'arrêtait plus.

— Elles seront parmi nous ce soir, sauf erreur de ma part. Je m'en réjouis d'avance. C'est fantastique. On dort tellement mieux après que les chauves-souris nous...

Elle fut interrompue par Casus et Belli, qui réclamèrent l'attention des oisillons d'un cri perçant.

— Les matricules compris entre 40 et 49 doivent se présenter à la zone 3, déclarèrent-ils à l'unisson.

— Hourra! hourra!

L'ovation enflait dans le *glaucidium*. 47-2 dansait une étrange gigue.

Deux processions s'étaient déjà écoulées. Le fil argenté de la lune chancelait sur la ligne d'horizon. Une dernière étincelle et elle s'en irait. L'atmosphère s'assombrit. À quoi bon une marche supplémentaire puisque les ombres avaient tout englouti? Intrigués, Soren et Gylfie s'engouffrèrent derrière 47-2 et se postèrent à la limite de la zone 3.

— Oh! s'exclama Gylfie. Vise un peu ce qu'elles font!

Ils écarquillèrent les paupières, stupéfaits: des centaines de chouettes s'aplatissaient sur le dos les unes après les autres, la poitrine offerte aux étoiles et les ailes écartées.

— Je n'avais jamais vu une chouette se percher de cette manière, chuchota Soren. Comme ce doit être pénible!

— Elles ne sont pas perchées. On dit «s'allonger», je crois.

— S'allonger? C'est un truc de mammifère, les chouettes ne font jamais ça... Enfin, à moins d'être mortes... Écoute!

Un vrombissement confus fracassa la voûte céleste. Loin des coups d'ailes quasi silencieux de leurs semblables, les jeunes chouettes reconnurent le claquement sec de membranes de cuir. Une sinistre complainte se propagea dans le *glaucidium* et les silhouettes de milliers de chauves-souris, plus noires que la nuit la plus ténébreuse, se découpèrent sur les nuages.

Venez à nous, vampires guérisseurs,
Nous soulager de nos ardeurs.
Plantez vos crocs aiguisés et éclatants
Dans nos veines ; sucez ce sang
Qui ronronne à nos oreilles et irrigue les tiges
De nos plumules et de nos rémiges.
Étouffez ces envies harassantes
Qui nous accablent le jour, la nuit nous hantent ;
Apaisez nos rêves, calmez nos âmes troublées,
Qu'elles retrouvent grâce à vous la sérénité.
Venez, venez, buvez tout votre soûl
Abrégez les tourments des chouettes et des hiboux.

Soren et Gylfie examinèrent sans ciller les chauves-souris voleter de plus en plus bas. À l'aide de leurs minuscules pouces et de leurs pieds, elles rampèrent et grimpèrent sur les oiseaux. Elles trifouillèrent entre les plumes quelques secondes, à la recherche d'un carré de peau lisse. Ensuite, de leurs canines pointues et brillantes, elles firent une rapide incision et leurs petites langues rainées s'enfoncèrent dans les entailles. Les victimes ne tressaillirent même pas ; au contraire, elles soupiraient de plaisir ! Soren et Gylfie étaient au bord de la nausée. 47-2 tourna la tête vers eux, les yeux mi-clos, arborant une expression béate et satisfaite.

— Ça doit faire horriblement mal, gémit Soren.

— Non, j'adore. Les pulsions s'en vont. Plus de...

Sa voix s'essouffla dans l'obscurité.

Les chauves-souris avaient grossi à vue d'œil. Elles étaient si gorgées de sang qu'elles décollèrent en zigzags maladroits avant de parvenir à prendre de la hauteur. Les rayures de l'aube commençaient à zébrer le ciel de jais, et les vampires, en spirales ivres, s'enfuirent avec la nuit.

19

La foi, il n'y a que ça de vrai

Depuis ce funeste spectacle, Soren et Gylfie n'avaient plus qu'une idée en tête : voler. Ils savaient maintenant pourquoi aucun des orphelins de Saint-Ægo n'avait le plumage luisant, lustré et le duvet pelucheux des adultes. Faire pousser ses rémiges n'était pas sorcier et n'exigeait aucun effort particulier, en principe ; mais privées de l'afflux de sang nécessaire, les plumes, des primaires jusqu'au peigne, s'étiolaient et mouraient. Avec elles se fanaient le désir, le rêve de voguer dans les cieux en toute liberté.

Alors tant pis s'ils n'avaient pas l'opportunité de s'initier dans les branches, de pratiquer des sauts ou de s'entraîner par d'autres moyens : ils devaient entretenir l'envie de voler, la conserver au chaud dans leur cœur et, ainsi, ils apprendraient. Gylfie confia à son copain les conseils de son père :

— Un jour, il m'a dit : « Tu auras beau t'exercer pendant des semaines, si tu ne crois pas vraiment en toi, tu ne progresseras pas. » Tu vois, ce n'est pas qu'une question d'entraînement. L'essentiel, c'est d'avoir la foi, et nous, on l'a, parce qu'on n'est pas déboulunés.

— Déboulunés ou pas, il nous faut aussi des plumes. Les miennes ne sont toujours pas sorties.

— Ne te décourage pas ! À la prochaine nouvelle lune, tes ailes seront prêtes.

— C'est bien le problème : les chauves-souris vont revenir pile à ce moment-là.

Gylfie le fixa d'un air grave.

— On saura voler avant leur retour.

— Mais je n'ai pas assez de plumes.

— Si, presque.

— Presque ? Entre presque et assez, il y a une sacrée différence, Gylfie.

— Non, ce qui fait toute la différence, c'est la foi, Soren.

La chevêchette avait articulé ces mots avec une telle fougue qu'il recula d'un pas.

— Soren, tu as le gésier fin, une profonde sensibilité et une intuition puissante. Il n'y a aucune raison pour que tu n'y arrives pas.

Il tomba des nues. Comment pouvait-il douter alors que cette chouette exceptionnelle, qui ne pesait pas plus lourd qu'une touffe de feuilles, croyait si fort en lui ?

Leur premier vol occupa dès lors toutes leurs pensées. Ils en parlaient à la moindre occasion. Ils échangeaient des souvenirs du nid, de l'époque où ils regardaient avec attention leurs parents prendre leur essor et se hisser dans le ciel. Ils discutaient inclinaison des ailes, portance, courants ascendants, et une douzaine d'autres choses qu'ils avaient remarquées et quasiment senties en observant les adultes. Ils se plongeaient dans des débats interminables sur la géographie de Saint-Ægo. Une seule solution s'offrait à eux : s'évader par le haut, ce qui requérait la plus délicate des manœuvres, d'autant qu'ils n'avaient plus accès à la corniche d'Hortense au sommet du couvoir. Ils n'auraient donc pas la possibilité de se jeter et de se laisser porter.

Néanmoins, Gylfie restait convaincue que la bibliothèque, qui dominait Saint-Ægo, était la meilleure alternative au couvoir et qu'en plus, à l'intérieur, ils perceraient le mystère des paillettes et découvriraient des secrets indispensables à leur cavale.

Un jour où les températures dépassaient largement les normales de saison, Gylfie rejoignit Soren au *pelotorium* avec une cargaison de pelotes fraîches – et une excitation à peine dissimulée.

— Il est rentré! murmura-t-elle à Soren. Scrogne est rentré! Débrouille-toi pour venir avec moi dès qu'on manquera de pelotes.

Il n'eut pas à inventer de prétexte. Le tour suivant survint au beau milieu d'une distribution de friandises, et personne ne tenait à la louper pour se rendre au magasin.

Le soleil atteignait son zénith. Soren et Gylfie piétinaient sur place dans la Grande Crevasse tandis qu'un bataillon d'oisillons les contournait. Soren n'avait pas besoin de lever le bec pour savoir qu'un morceau d'azur flottait au-dessus de sa tête. Chaque fois qu'il passait par là, il était ragaillardi rien qu'en songeant à ce petit coin de ciel si près de lui. Il fermait les paupières et savourait son bonheur. Leurs camarades partis, il guetta le signal de Gylfie et lui emboîta le pas dans la fissure qui conduisait à la bibliothèque.

Il grelottait de frayeur. Et si Gylfie avait tout faux concernant Scrogne? S'il était débouluné, en vérité, et qu'il sonnait une alarme? Ils seraient la risée de la pension lors d'une séance improvisée de thérapie par le rire! Il grimaça et frémit de la pointe de ses griffes jusqu'au bout de ses primaires neuves.

Scrogne était campé devant l'entrée de la bibliothèque, seul. Soren redouta au départ qu'une sentinelle soit en embuscade, car il percevait de curieuses vibrations. En réalisant que ce n'était qu'une brise, il fut parcouru d'un merveilleux frisson, comme quand il montait à l'étage où nichait Hortense.

Scrogne cligna des yeux lorsqu'ils firent irruption. Puis s'engagea un des dialogues les plus surréalistes que Soren ait jamais entendus.

— Alors vous voilà, dit le vieux nyctale boréal.

— Eh oui, répondit Gylfie.

— Vous allez vous attirer des ennuis.

— Nos vies ne valent pas deux pelotes ici. Nous n'avons rien à perdre.

— Ce sont les paroles d'une brave.

— Quand vous aurez écouté mes questions, vous saurez que je ne plaisante pas.

Soren faillit s'évanouir. Comment Gylfie avait-elle osé ? Scrogne se mit à trembler, hors de contrôle.

— Tu as prononcé le mot interdit...

— Oui, et je m'apprête à aggraver mon cas : vous allez avoir droit à des « quoi », des « quand », des « quel » – bref, à tous les termes qu'emploient les chouettes libres, car nous sommes comme vous, Scrogne.

— De q-q-quoi..., bredouilla-t-il, bouleversé.

— De quoi suis-je en train de parler ? C'est ce que vous alliez me demander, hein ? Allez-y, dites-le, Scrogne. Demandez-moi comment je suis au courant, ou ce que vous voulez, et je vous répliquerai ceci : je le sais grâce à mon gésier.

— À ton gésier ?

Le visage de Scrogne devint rêveur.

— Oui. Le nôtre est intact. Et il nous certifie que vous n'êtes pas débouluné. Vous faites semblant, n'est-ce pas ?

— Pas tout à fait, hélas ! se lamenta-t-il.

Soren entrevit une fine membrane transparente balayer son œil. Noctus et Marella mentionnaient souvent ces paupières qu'ils appelaient « nictitantes » ; ils avaient révélé à leur fils qu'elles lui seraient très utiles en vol car elles permettaient de garder une vision claire et protégeaient des débris en suspension dans l'air. Mais Scrogne ne volait pas ; non, il ne bougeait même pas. Alors pourquoi ses paupières nictitantes clignaient-elles ainsi ? Puis il aperçut de grosses larmes rouler de ses yeux jaunes.

— Ah ! si au moins j'étais complètement débouluné !

— Pourquoi, Scrogne ? susurra Soren. Pourquoi ?

— Je ne peux pas vous expliquer maintenant. J'irai vous trouver ce soir dans le *glaucidium* et je m'arrangerai pour vous obtenir une dispense. Personne n'y verra d'inconvénient étant donné que c'est la nouvelle lune. Toutefois je dois vous avertir que ce que vous faites est terriblement périlleux et pourrait vous vouer à un sort pire que la mort.

— Pire que la mort? fit Gylfie. Qu'est-ce qui pourrait être pire que la mort? Quoi qu'il en soit, autant mourir que moisir ici.

— L'existence que je mène est pire que la mort, je vous assure.

20

L'histoire de Scrogne

— Moi qui me croyais assez malin pour être à l'abri!

Scrogne les entraînait vers une brèche dans la paroi du canyon, à l'écart de la route du *pelotorium*. En chemin, il leur raconta son histoire.

— Voyez-vous, quand nous sommes rentrés de la chasse avec ma compagne, les patrouilles venaient d'enlever un de nos poussins. La petite Bess – ma préférée. J'ai fondu sur les coupables et je les ai attaqués sans pitié. C'était Ork, un cousin de Casus et Belli, qui emprisonnait Bess dans ses serres. Il avait la réputation d'être très dangereux, mais je l'ai tué. Les autres hiboux étaient atterrés. Ils battaient en retraite lorsque Crocus et Hulora ont surgi. En constatant ce qui s'était produit, elles ont eu une réaction déconcertante: elles exultaient! En fait, le précédent directeur de Saint-Ægolius était mort l'année d'avant et, depuis, deux camps se livraient une bataille sournoise pour lui succéder : Ork et ses lieutenants contre Crocus et Hulora. Elles étaient si heureuses qu'elles décidèrent d'épargner ma famille et de ne plus jamais assaillir mon nid, à condition que j'accepte de me joindre à elles à Saint-Ægo. Mes talents de guerrier les avaient impressionnées. J'avais éliminé Ork sans serres de combat, rien qu'avec mes griffes nues et mon bec.

« Je n'avais pas vraiment le choix. Il fallait que je coopère. J'ai regardé les trois pauvres bambins qui étaient dans le nid et ma chère compagne. Elle m'a supplié de ne pas y aller, disant qu'on pourrait s'installer ailleurs, loin. Mais Crocus et Hulora éclatèrent de rire et menacèrent de nous poursuivre, où que nous allions. En revanche, elles promirent de me laisser rendre visite à ma famille trois fois par an, ce qui sur le moment m'a paru généreux. Alors je suis parti. Ma femme et les enfants ont juré de ne jamais m'oublier. J'aurais dû me méfier. À l'époque, j'ignorais tout du déboulunage. Bien sûr, les visites n'auraient plus grand intérêt si j'étais débouluné. Les miens ne me reconnaîtraient pas et, moi,

je n'éprouverais plus rien pour eux. La perte des senti-
ments et la rupture avec l'entourage qui en découle sont
les effets les plus diaboliques du déboulunage.

«J'étais comme vous, déterminé à résister et à jouer la
comédie. Je ne m'en suis pas mal tiré. Crocus et Hulora
tenaient mes dons de combattant en si haute estime
qu'elles m'ont autorisé à prendre un nom. J'étais 28-5 et
me voilà devenu Scrogne. Mais à présent... (Il se tut et sa
tremblote le reprit.) Quelque chose a changé...

— Comment cela? s'exclama Soren. Vous êtes resté
vous-même.

— À peu près.

— À peu près? fit Gylfie. Soit on est déboulunés, soit
on ne l'est pas.

— De temps en temps, les adultes aussi sont obligés
de participer à des processions. Je crains d'être de moins
en moins solide. Les visages de ma bien-aimée et de ma
petite Bess s'estompent dans ma mémoire. Autrefois, à
l'approche du nid, mon ancienne voix revenait sponta-
nément. L'appel du nyctale boréal ressemble à un chant,
ou, d'après certains, au tintement des cloches qui son-
naient jadis dans les églises. Aujourd'hui, le mien n'a

plus aucun relief. Il y a environ huit lunes, alors que je regagnais ma maison, j'ai lancé un cri pour les prévenir de mon arrivée, comme d'habitude. Mais personne n'a réagi. Et il y a deux lunes, ni ma femme ni Bess ne m'ont reconnu.

— Pas croyable, murmura Gylfie.

— Depuis, elles ont disparu, soupira-t-il.

— Disparu? s'étonna Soren. Vous voulez dire qu'elles ont déménagé?

— Soit elles ont filé, soit elles ont été assassinées par Crocus et Hulora, soit...

— Soit quoi? insista Gylfie.

— Eh bien... Peut-être qu'elles sont là et que je ne les vois pas, pas plus qu'elles ne me voient. Je ne suis plus qu'un fantôme, l'ombre d'un nyctale. N'est-ce pas l'aboutissement du cruel déboulunage? D'ici quelques mois, je serai la caricature même de la vieille chouette déboulunée.

— Pourquoi? demanda Soren. Pourquoi font-ils cela? Quel est le projet de Saint-Ægo?

— Et les paillettes, à quoi servent-elles?

Gylfie avait dû renverser complètement la tête en arrière pour regarder Scrogne dans les yeux.

— Ah! La première question n'est pas difficile. Saint-Ægo veut dominer tous les royaumes de chouettes et de hiboux sur Terre.

— Pour les détruire? suggéra Soren.

— Ça, ils risquent fort d'être détruits, oui! Mais c'est le pouvoir qui les intéresse en réalité. Et pour le genre d'empire qu'ils veulent exercer, le déboulunage est essentiel. C'est leur principal outil, car il anéantit la volonté, efface le caractère et la personnalité. Quant à votre seconde question... Les paillettes sont des instruments d'une autre nature; ce sont des armes de guerre, Gylfie.

— Des armes?

— Personne ne sait avec précision comment elles fonctionnent. Moi-même, je n'ai aucune certitude à leur sujet. Elles acquièrent certaines propriétés après avoir subi diverses opérations.

— Quelles sortes de propriétés?

— C'est assez confus, je l'avoue. Elles semblent parfois capables d'aimanter des objets. Quand je travaille près de la réserve, j'ai l'impression de percevoir leur force.

Soren et Gylfie étaient éberlués.

— Trop bizarre, souffla Gylfie.

— Apprenez-nous à voler, Scrogne! l'implora Soren. S'il vous plaît, apprenez-nous!

L'idée venait subitement d'éclore dans sa cervelle. Gylfie et Scrogne le dévisageaient, sans un mot.

— Vous savez, les enfants, je peux vous dire comment vous y prendre et vous entraîner ; cependant, cela ne suffit pas. Le vol a cela d'étrange : une jeune chouette peut accomplir tous les gestes à la perfection, mais sans la foi...

Les deux poussins échangèrent un clin d'œil et terminèrent la phrase en cœur :

— Sans la foi, on ne progresse pas.

— Exactement, je suis ravi que vous compreniez. C'est d'ailleurs la raison pour laquelle aucun des oisillons dans le *glaucidium* ne volera jamais. Certes, les chauves-souris vampires étouffent leurs pulsions et empêchent leurs plumes de se développer, mais surtout une chouette déboulunée ne croit plus en rien.

— Scrogne, nous ne sommes pas déboulunés, et vous non plus.

— Ah! Vous me redonnez espoir, tous les deux. Un vrai miracle. Oui, j'essaierai de vous aider. Voilà ce que nous allons faire. Je suis en charge des éléments récupérés dans les pelotes – dents, poils et paillettes. À la fin de chaque journée, je les stocke et j'en dresse des listes. Je me terre en général dans un recoin isolé, relié à la vaste bibliothèque. Le reste du temps, je suis posté à l'entrée pour surveiller l'accès au lieu. Je peux vous avoir une dérogation pour m'assister à l'inventaire. Vous ne serez pas habilités à pénétrer dans la bibliothèque – quand je n'y suis pas, un autre la garde –; néanmoins je peux toujours tenter de vous enseigner les rudiments du vol dans le renfoncement voisin. À défaut d'être l'endroit idéal, au moins y aurons-nous la paix.

— Il y a des livres à l'intérieur? dit Gylfie.

— Bien sûr. Elle est remplie d'ouvrages qui sont supposés expliquer l'usage des matières entreposées à côté.

— Gylfie a l'intuition que les paillettes pourraient avoir un rôle dans notre évasion.

— Ne vous y fiez pas, répondit sèchement Scrogne.

Votre propre confiance en vous vous sera beaucoup plus utile que n'importe quelle paillette.

L'affaire était conclue. Gylfie et Soren auraient des laissez-passer pour la zone d'inventaire – l'*inventorium* – chaque nuit de la nouvelle lune, et de temps à autre pendant le premier et le dernier quartier. Évidemment, dès que la lune serait pleine, ils seraient convoqués au *glaucidium*. Les leçons débuteraient le soir même.

21

L'envol

— Plus ample, le battement. Vos ailes doivent presque se toucher au-dessus de vos têtes..

Scrogne délivrait ses conseils à ses deux apprentis. Soren et Gylfie étaient épuisés. L'exercice était plus ardu et pénible que ce qu'ils s'étaient imaginé en regardant faire leurs parents.

— Je sais que vous êtes fatigués ; toutefois vous devez très vite consolider vos muscles. Passer par l'étape des branches et des sautillements serait une perte de temps. Puisque vous n'aurez pas la chance de vous jeter d'un arbre et de vous laisser tranquillement glisser, vous aurez besoin de puissance. Allons, reprenons.

— Mais, objecta Soren, une fois dehors, comment saurons-nous ce qu'il faut faire ?

— Mes chers petits, que vous ai-je déjà dit? Dans le ciel, des masses d'air mouvantes se presseront autour de vous. Vous sentirez si elles sont faibles ou fortes, lisses ou inégales, chaudes ou froides – et vous saurez de suite comment les exploiter. Tout sera beaucoup plus facile à l'extérieur, je vous le promets. Ici, dans cette pension encaissée, l'air est stagnant, inerte. Alors vous devez redoubler d'efforts pour le sculpter grâce à des battements toniques. Quand vos ailes montent, souvenez-vous que les minuscules fentes aux extrémités doivent s'écarter ; ainsi vous rencontrerez moins de résistance.

Scrogne leur fit une démonstration. Il prit un peu d'élan, tendit le cou et... et voilà, il avait déjà décollé! Il pesait le double de Soren, voire plus, et pourtant il flottait avec aisance. Réussiraient-ils jamais à l'imiter? S'étaient-ils seulement améliorés?

Il parut lire dans leurs pensées.

— Vous n'en êtes qu'à votre troisième leçon. Vous êtes plus costauds de jour en jour, je vous assure. Il faut y croire.

Au quatrième cours, ils s'exécutaient avec plus d'adresse et un sincère optimisme commençait à les gagner. Ils parvenaient à s'élever dans le puits profond de l'*inventorium* ; l'air s'ouvrait, docile, et formait des poches sous leurs ailes pour les maintenir en suspension dans l'obscurité. Ils rêvaient qu'ils se libéraient de cet endroit atroce, en plongeant dans l'océan noir et accueillant d'une nuit sans lune. Encore deux leçons puis leur entraînement se réduirait à mesure que grossirait le croissant d'opale ; on leur ordonnerait de marcher dans le *glaucidium* lors de séances d'exposition à ses rayons toujours plus longues. Ensuite, lorsque l'astre serait plein et rond, ils se prépareraient à partir. Ils devraient filer avant le retour des chauves-souris vampires, sous peine d'endurer leurs morsures ; s'ils ne pouvaient l'éviter, tout espoir serait perdu.

Le grand soir, ils s'introduiraient enfin dans la bibliothèque, qui était en effet, avec le couvoir, le point culminant de Saint-Ægo. Le plan de Scrogne consistait à envoyer la chouette de garde au *pelotorium*, sous prétexte d'un incident survenu à l'emplacement précis où ce collègue travaillait en journée, en lui offrant de le relayer quelques minutes. Soren et Gylfie étaient très intrigués par la bibliothèque. Scrogne la leur avait décrite, avec, à côté de ses livres, les dents, les plumes, les os, les paillettes et autres débris que les ouvriers trieurs ôtaient des pelotes. Elle abritait aussi de spectaculaires serres de combat, qui attisaient la curiosité des deux oisillons.

— Ils ne les fabriquent pas ici, n'est-ce pas? demanda Gylfie.

— Non, ils n'en ont pas les compétences. Ils aimeraient bien! Crocus et Hulora en parlent sans arrêt. Cela requiert des connaissances approfondies qu'elles sont loin de posséder. Non, les chouettes de Saint-Ægo les dérobent. Elles font des raids dans les royaumes qui entretiennent encore des soldats. Elles vont dans les champs après les batailles et dépouillent les guerriers morts. Vous trouvez peut-être que Crocus et Hulora sont rusées, mais en vérité elles ont une peur bleue de tomber sur plus intelligent qu'elles. C'est d'ailleurs pour cela qu'elles déboulunent tout le monde. À part elles, personne ne sait lire ici, et les questions sont interdites. Comment pourrait-on apprendre quoi que ce soit? Ou mieux, créer, inventer? Impossible! Elles s'évertuent depuis des années à percer le secret des paillettes; franchement, je serais surpris qu'elles atteignent leur but. Personne n'est autorisé à les étudier, alors! Oh! Ma Gylfie! Toi, avec ton flair et ta jugeote, je parierais que tu en sais déjà plus sur les paillettes que ces vieilles toupies aux gésiers durs comme la pierre. Bon, assez bavardé. C'est l'heure de s'y remettre. Je veux que vous alliez vous jucher dans la plus haute lézarde de la paroi. Soren, tu as droit à cinq battements. Gylfie, puisque tu es plus petite, je t'en accorde huit.

— Vous plaisantez! s'étrangla Soren.

— Je suis très sérieux au contraire. Toi d'abord, Soren. Attention, chaque battement compte et doit te propulser aussi loin que possible. Si tu y crois vraiment, jamais tu ne piqueras dans les orties.

Perché sur une saillie à la base de la muraille, Soren ferma les yeux. Il leva les ailes, puis il les rabattit de toutes ses forces. «Je peux y arriver!» Il décolla au premier battement, et dès le second, un coussin d'air moelleux s'engouffra sous ses rémiges.

— Bravo, le complimenta Scrogne. Encore! Plus d'énergie!

Il était déjà à mi-parcours et n'avait utilisé que deux coups.

«Je peux y arriver... Mes ailes sont puissantes! Une, deux! Je monte, je monte... Je vole!»

22

Les reliefs du vent

— Ce soir? Scrogne, vous êtes dingue ou quoi? cria Gylfie. C'est beaucoup trop tôt!

— On n'est pas prêts, renchérit Soren.

— Si, si. Soren, je t'avais donné cinq battements pour te hisser en haut, tu as réussi en quatre et Gylfie, en sept au lieu de huit. Ce soir sera le grand soir.

— Pourquoi? s'exclamèrent en chœur les deux poussins.

Scrogne soupira. Ces petits allaient tant lui manquer. Eux et leurs questions! Autrefois, il ne jurait que par la saveur du campagnol fraîchement tué, mais il avait changé d'avis: il n'existait rien de plus délicieux qu'une phrase commençant par cette consonne explosive – *q* – au bout de la langue. Les questions procuraient un plaisir d'autant plus intense qu'il était rare – un véritable

luxe à Saint-Ægo! Oh, oui, Soren et Gylfie lui manque-
raient! Ils étaient si adorables avec leurs jolis manteaux
de plumes neuves épargnés par les vampires.

— Parce que les thermiques vont souffler aujour-
d'hui.

— C'est quoi, les thermiques?

— Des courants d'air chaud. Ils sont là plus tôt que
prévu. Vous tomberez dessus dès que vous serez sortis de
ces murs. Ces vents vous rendront les manœuvres bien
plus aisées au-dehors. Ils aident à planer.

— On n'a pas appris à planer, grommela Gylfie. Tout
ce qu'on sait faire, c'est battre des ailes.

— Ne vous inquiétez pas, une fois que vous aurez rencontré les thermiques, les bons gestes vous viendront
naturellement. Les reliefs du vent vous guideront.

— Qui sera de garde?

— Casus.

— Casus! geignit Soren. C'est horrible. Comment
allez-vous l'attirer au *pelotorium*?

— Je trouverai un moyen. Ne vous en faites pas.
Quant à la dispense, la voici: vous serez libérés entre la
troisième et la quatrième procession.

À la fin de la troisième marche, Soren et Gylfie cher-
chèrent un surveillant à qui présenter leur laissez-passer.
Aussitôt autorisés à s'éclipser, ils s'enfoncèrent dans les
couloirs de Saint-Ægolius, seuls avec leurs pensées. Ils
tâchaient en silence de rassembler leur courage, mais il
était difficile d'avoir la foi si l'on considérait que la
somme totale de leur expérience de vol n'englobait
qu'une infime partie des manœuvres habituelles prati-
quées par les jeunes chouettes durant l'apprentissage. En
résumé, ils ne savaient ni planer ni glisser ni virer. «Des
mots, rien que des mots», marmonnait Scrogne quand
ils abordaient ces notions, grappillées au nid lors des
conversations entre leurs parents et leurs frères et sœurs.
Gylfie, surtout, le harcelait sur ces sujets, ce qui avait le
don de l'exaspérer: «Tu réfléchis trop, disait-il. Le vol
plané est une technique innée! Pour l'heure, vous n'avez
besoin que de vigueur pour pouvoir vous élever rapidement à la verticale: appliquez-vous sur votre poussée!» Il
appuyait chaque syllabe d'un mouvement de tête, en les
fixant avec une expression intraitable. «C'est TOUT!»

Voilà donc ce qui obsédait Soren et Gylfie en cet

instant crucial : la puissance de leurs ailes en trajectoire descendante et la souplesse de leurs barbes sur le bord d'attaque, qui tantôt s'espaçaient pour laisser passer l'air, tantôt se resserraient. Ils s'étaient beaucoup musclés grâce à l'entraînement. Ils étaient sans doute les poussins les plus robustes de l'orphelinat, ce qui aurait dû suffire en soi à les rassurer. Y avait-il sur Terre une chevêchette de l'âge de Gylfie qui puisse rivaliser avec elle ?

Tandis qu'ils s'approchaient de l'*inventorium*, Scrogne constata, avec bonheur, qu'ils étaient au maximum de leur concentration. Il ne restait plus qu'à espérer que le stratagème qu'il avait inventé pour écarter Casus de leur chemin allait porter ses fruits. Par chance, il avait découvert que les relations entre les deux frères n'avaient rien d'idyllique. Empoisonnées par la jalousie, elles s'étaient peu à peu détériorées. Crocus paraissait privilégier Belli, ce qui se manifestait surtout au retour des raids sur les champs de bataille. Il y avait toujours des bisbilles lorsque venait le moment de répartir les serres de combat prises aux victimes. Crocus et Hulora se servaient d'abord puis les autres étaient rapportées à Saint-Ægo. Là, elles étaient triées et distribuées en fonction du rang dans la hiérarchie de la pension ou des prouesses réalisées au cours de la bataille, par Toumak, un vieux hibou en charge de l'armurerie principale.

Au grand étonnement de Soren et de Gylfie, Scrogne se mit soudain à parler d'une voix tonitruante, comme s'il discutait avec une chouette invisible.

— Impossible! Ma parole! Du rififi à l'armurerie... Ah! Casus ne va pas aimer cela. Je ferais mieux de l'avertir.

En un éclair, il était devant la porte de la bibliothèque à côté de Casus, dont les plumes frémissantes bouffaient tant il était nerveux. Il mesurait le double de son volume normal et affichait une mine torturée. Des dizaines de questions lui brûlaient le bec. Scrogne avait touché le point sensible.

— Ne te tracasse pas, Casus. Je vais tout te raconter. Du moins, tout ce que je sais. Calme-toi et écoute. J'ai entendu Belli interpeller Hulora concernant les nouvelles serres de combat; il protestait, prétendant que Toumak ne les attribuait pas correctement. Hulora a répondu qu'elle consulterait Crocus à ce propos.

— Oh! non, hoqueta Casus. Belli veut être nommé

directeur à vie de l'armurerie à la place de Toumak. Et nous savons toi et moi ce que cela signifie : il prendrait du galon et deviendrait le numéro trois ici, juste derrière Crocus et Hulora.

— D'après ce que j'ai saisi, elles ont l'intention de laisser Toumak et Belli régler cette affaire par les armes. Belli a déjà réuni son équipe. Va rallier tes troupes, Casus. Vite, il en est encore temps. Je ferai le guet ici.

— Merci, Scrogne. Merci beaucoup. Et sois sûr d'une chose : quand je serai chef de l'armurerie, tu seras le premier à choisir tes serres.

— Je n'en attendais pas moins de toi, Casus. Allez, dépêche-toi.

Dès qu'il eut disparu à l'angle de la longue fissure, Scrogne héla les deux poussins.

— Venez par ici, vous deux. Il n'y a pas une minute à perdre.

Les deux oisillons se ruèrent dans la bibliothèque. Là, quel ne fut pas leur enchantement ! Pas tant à cause des livres et de la rangée de serres de combat bien astiquées qui pendaient au mur. Non. C'était la vue du ciel ténébreux, piqué d'étoiles – des étoiles si proches qu'ils auraient pu les cueillir en tendant l'aile – et la caresse de la brise, jadis si familière, qui les émerveillaient. Oh, oui, ils avaient foi en eux maintenant! Ils allaient réussir.

Ils déplièrent leurs ailes et s'apprêtaient à les claquer avec énergie, quand Crocus fit irruption. Armée de patte en cap, elle était effrayante. D'énormes griffes métalliques lui faisaient des serres de géante. Une aiguille se hérissait au bout de son bec; elle scintillait dans le prolongement d'un rayon de lune et on aurait dit qu'une épée gigantesque lévitait dans la bibliothèque.

— Allez-y! cria Scrogne. Ne vous arrêtez pas! Croyez en vous. En deux battements, vous serez dehors.

Mais ils étaient cloués au sol, leurs plumes lourdes comme la pierre. Ils étaient fichus. Morts de peur, ils regardaient Crocus avancer sur eux. Puis un étrange phénomène se produisit. Sous l'effet d'une force mystérieuse, elle dérapa et alla s'écraser contre une paroi, celle dans laquelle une série de niches avaient été creusées pour accueillir les paillettes.

— Ne gâchez pas cette occasion! hurla Scrogne. Vous pouvez y arriver!

Tandis que Crocus semblait paralysée, Soren et Gylfie

commencèrent à agiter les ailes et ils sentirent qu'ils s'élevaient.

— Vous êtes des créatures conçues pour voler. Volez, mes enfants, volez!

L'instant d'après, un cri effroyable retentit et la nuit s'éclaboussa de sang.

— Ne te retourne pas, Soren. Aie confiance!

Les encouragements de Gylfie avaient succédé à ceux de Scrogne. Quand ils franchirent le sommet de la muraille, un tourbillon d'air chaud les enveloppa, comme si d'immenses et douces ailes s'étaient déployées dans le ciel pour les aider à monter vers les étoiles. Derrière eux, un nyctale disloqué gisait à terre. Il récitait d'une voix chantante, aussi claire qu'un carillon, une antique prière: «J'ai trouvé le salut en insufflant la foi à de jeunes ailes. Bénis sont ceux qui croient, car à jamais ils voleront.»

23

Ô liberté chérie !

Soren et Gylfie voguaient dans un paradis d'un noir infini, où tout restait à explorer. Ils ne distinguaient plus que les étoiles et le sillage argenté de la lune. Le monde tournoyait comme une toupie autour de Soren, mais, cette fois, c'était parce qu'il dessinait des loopings et des spirales. Avec ses ailes, il capturait l'air et le sculptait. Il n'avait plus à fournir d'efforts insensés pour se hisser plus haut. D'instinct, il surfait sur la crête des thermiques et s'élevait sans avoir à bouger une plume. Il jeta un coup d'œil à Gylfie ; celle-ci planait quelques mètres au-dessous, naviguant sur une strate inférieure du même courant d'air. Ils ne s'étaient jamais figuré, lorsqu'ils étaient coincés dans les canyons et ravins de Saint-Ægolius, qu'ils allaient croiser autant de vents différents. Et Scrogne avait raison : ils savaient exactement comment réagir. La foi circulait dans leurs veines et imprégnait leur corps, de leur gésier jusqu'à leurs os creux.

Soren n'avait aucune idée du nombre d'heures qui s'étaient écoulées depuis leur évasion, quand il entendit Gylfie l'appeler :

— Je pense à un truc, Soren : tu sais comment on fait pour atterrir ?

Atterrir ? C'était la dernière chose dont il se souciait. Il avait l'impression qu'il pourrait continuer à voler ainsi toute sa vie. Mais la chevêchette se fatiguait sans doute plus vite que lui : pour chacun de ses battements, elle devait en faire trois.

— Non, je n'en sais rien. On va d'abord chercher une belle cime et... heu... on verra bien.

Ils entamèrent une longue glissade vers un bosquet. Leur instinct prit à nouveau les commandes ; ils décrivirent des cercles de plus en plus serrés et, à l'approche des arbres, ils plièrent un peu les ailes pour freiner et tendirent les serres en avant.

— J'ai réussi ! s'exclama Soren en se réceptionnant sur une branche.

— Aïeuuu ! couina Gylfie.

— Où es-tu? Tu as un problème?

— Non, ça va, à part que j'ai la tête en bas.

— Nom de Glaucis! s'écria-t-il en découvrant son amie dans la position de la chauve-souris, pendue par les pattes. Comment tu t'es débrouillée?

— Si je le savais, je serais dans le bon sens, gros malin! grogna-t-elle.

— Oh là là! Qu'est-ce que tu vas faire?

— Réfléchir.

— Tu vas y arriver, à l'envers?

— Évidemment. Qu'est-ce que tu crois? Que ma cervelle va s'échapper de mon crâne? Franchement, Soren!

Elle était un brin ridicule dans cette posture, mais il n'avait pas intérêt à lui en faire la remarque. Alors qu'il se creusait les méninges pour imaginer une solution, une voix inconnue émana du feuillage.

— Si j'étais toi, fillette...

— C'est qui? s'alarma Soren.

— Quelle importance, qui je suis? En tout cas, je me suis déjà retrouvé dans la même galère que ta copine une ou deux fois.

Soren sentit osciller le rameau sur lequel il était perché.

La chouette la plus grande qu'il ait jamais vue s'avança vers lui en se pavanant. De couleur gris argenté, l'oiseau se fondait dans le clair de lune. Rien que sa tête, avec ses énormes disques faciaux, mesurait deux fois la taille de Gylfie. Soren eut du mal à se le représenter dans cette pitoyable situation.

— Voilà ce que tu vas faire, dit-il à Gylfie d'une voix profonde. Tu dois te laisser tomber, puis battre très vite des ailes. Tu comptes jusqu'à trois et hop! tu seras à l'endroit. Ensuite, tu n'auras plus qu'à redescendre tranquillement. Démonstration.

— Mais tu es si gros, Gylfie est minuscule.

— Gros? Je suis colossal, oui! Et néanmoins léger et agile. Je flotte, je voltige dans les airs.

Il s'empressa de joindre le geste à la parole; il exécuta une série d'acrobaties spectaculaires — plongeons, pirouettes, piqués, vrilles et loopings: toutes les figures y passèrent — en entonnant une chanson:

> *Vif comme l'oiseau-mouche*
> *Puissant comme l'aigle*
> *À tous les coups, je fais mouche*

— Par Glaucis! chuchota Soren. Quel frimeur!

— Et alors, où est le mal? Quand on a du talent, il faut en faire profiter les autres.

Il se reposa au bout de la branche avec une mine satisfaite.

— D'accord, je vais essayer, dit Gylfie.

— Le plus dur, c'est de lâcher. Pour que ça marche, il suffit d'y croire.

«Y croire encore et toujours», songea Soren. Ce fut également un déclic pour Gylfie, qui se décrocha sur-le-champ. Un mouvement flou troubla la nuit, comme si une petite feuille était balayée par une brusque rafale, puis la chevêchette réapparut et, l'instant d'après, elle avait rejoint les deux mâles. Soren l'applaudit des deux ailes.

— Bravo!

— Tu vois? C'était fastoche, dit la chouette argentée. Moi, personne ne m'a expliqué. J'ai appris seul.

Soren l'étudia. Quel était donc cet animal singulier?

— Tu es du coin? lui demanda-t-il.

— Plus ou moins. Je suis chez moi un peu partout... Cite n'importe quel endroit, je te parie que j'y ai habité.

Il semblait jeune malgré sa taille imposante ; sa façon de s'exprimer intimidait les poussins. Gylfie sautilla dans sa direction.

— Je tiens à te remercier pour ta gentillesse et tes conseils avisés qui m'ont tirée de cette fâcheuse posture.

Soren cligna des yeux. Pourquoi autant de chichis ? On aurait cru entendre une adulte.

— Sans vouloir t'offenser, nous n'avions jamais rencontré d'individu de ta stature. Aurais-tu l'amabilité de nous révéler quel genre de spécimen tu es ?

« Où va-t-elle pêcher des expressions pareilles ? » pensa-t-il.

— Spécimen ? C'est quoi, ça ? Tu emploies des mots trop compliqués pour une simple chouette lapone telle que ton serviteur.

— Alors tu es une chouette lapone ? Je connais cette espèce, même s'il n'y en a pas à Kunir, là où j'ai éclos.

— Ah, Kunir ! Ouais, j'y suis allé – pas le meilleur des environnements pour une lapone, d'ailleurs... Moi, je ne peux pas vous dire d'où je viens parce que j'ai été orphelin très tôt. Une patrouille de Saint-Ægo m'a capturée, mais j'ai réussi à sauter dans un nid abandonné.

— Tu as résisté à une patrouille?

— Et comment! Pas moyen que ces imbéciles m'enlèvent. Du moins, pas vivant. J'ai attendu le bon moment et puis j'ai arraché le deuxième doigt de celui qui m'emportait. Il m'a largué plus vite qu'un charbon ardent. Personne ne m'a plus embêté après. Ils ont dû se passer la consigne.

Il gonfla ses plumes, crâneur. Gylfie en resta baba.

— Nous aussi, on a été kidnappés, avoua Soren. On vient juste de s'évader. Moi, je suis du royaume de Tyto, et avec Gylfie, on voudrait rentrer dans nos familles. L'ennui, c'est qu'on ne sait pas où on est. Je n'ai jamais croisé de chouettes lapones à Tyto, et pourtant nous sommes perchés dans un arbre de Ga'Hoole. Ils ne poussent qu'à Tyto, non?

— Non. Ils bordent le fleuve Hoole, qui traverse de nombreux pays.

— Pas celui de Kunir, dit Gylfie.

— Non, il n'y a pas une goutte d'eau à Kunir, encore moins un fleuve.

— Si, il y en a. Il suffit de savoir où regarder.

La chouette lapone se renfrogna. Soren comprit aussitôt qu'il n'appréciait pas du tout d'être pris en défaut.

— Alors, on est à Tyto ou pas ? demanda-t-il.

— Vous êtes à la frontière entre Tyto et Ambala.

— Ambala ! s'exclamèrent les deux amis. Nous sommes chez Hortense !

— Un royaume de seconde zone, à mon humble avis.

— De seconde zone !

— Tu ne dirais pas ça si tu avais connu Hortense, protesta Soren.

— Mais qui est cette Hortense, nom de Glaucis ?

— Était, rectifia Gylfie avec tristesse.

— Une chouette brave et généreuse, répondit Soren, la gorge nouée. Une héroïne.

L'inconnu les dévisagea avec étonnement. Ils paraissaient naïfs et ignares, cependant... Leurs capacités de survie devaient être bonnes, puisqu'ils étaient sortis entiers de Saint-Ægo. Cela étant, rien ne valait son éducation. Celle d'un orphelin, élevé à l'école de la vie. Il avait tout appris seul – comment voler, où chasser, quelles créatures traquer et lesquelles éviter. Rien n'était comparable à cet apprentissage solitaire des règles impitoyables de la nature – de la forêt en particulier, un univers regorgeant de richesses et de périls. Il fallait être un sacré dur pour en saisir toutes les subtilités par soi-même. Et c'était exactement ainsi que Perce-Neige se voyait : comme un dur de dur.

Gylfie, remise de ses émotions, se lança dans les formalités d'usage.

— Permets-nous de nous présenter. Je suis Gylfie, chevêchette elfe, également appelée *Micrathene whitneyi*, espèce migratrice commune dans les régions désertiques et qui niche dans les cavités.

— Je sais, je sais... J'ai vécu quelque temps dans un cactus creux avec des cousins à toi. Les chouettes elfes sont des chasseurs... euh, comment dire... qui ont un goût si prononcé pour le serpent qu'ils n'attrapent jamais rien d'autre !

— On ne mange pas que du serpent ! N'importe quoi ! On mange des campagnols, des souris... Bref, de tout, sauf les rats, qui sont trop gros.

— Ouais, si on veut. (Il se tourna vers Soren.) Et toi, petit ? Raconte-moi ton histoire.

Malgré l'invitation, Soren préféra faire court. Les

détails relatifs à son espèce n'intéressaient sans doute pas ce mâle, qui n'avait pas l'air très impressionnable.

— Soren, de Tyto, chouette effraie. J'occupais un vieux sapin avec mes parents, jusqu'à... jusqu'à ce jour horrible.

Il acheva sa phrase d'une voix brisée. Perce-Neige se pencha alors vers lui et lui donna un gentil coup de bec, comme pour lui lisser les plumes. Les oisillons étaient désarçonnés. La tendresse avait disparu de leur existence depuis qu'ils étaient tombés du nid. Pourtant, les lustrages réciproques faisaient partie de leur quotidien, autrefois. Les parents s'ôtaient des poussières, rendaient leur éclat au plumage de leurs compagnons ou de leurs meilleurs amis et arrangeaient les touffes de duvet de leurs enfants. C'était si agréable! Soren était tout retourné par la délicatesse de ce geste.

— Toi aussi, la minus avec les grands mots, viens par là. Je parie que ça fait une éternité que personne ne t'a fait de câlin.

Gylfie s'approcha, et tandis qu'ils se gratouillaient, la chouette lapone se dévoila à son tour:

— Je suis Perce-Neige. J'ignore qui m'a nommé ainsi, mais on ne m'a jamais appelé autrement.

— Ça te va bien, assura Soren.

— Oui, pas mal: beaucoup rêveraient d'avoir ma vue perçante dans le blizzard. Nous, les chouettes, nous nous vantons souvent de notre vision nocturne; nous discernons des choses que la plupart des oiseaux ne voient pas dans la nuit: une souris, un campagnol, un écureuil trottinant dans la futaie. Moi, je distingue tout cela et plus encore! Même au milieu d'une tempête de neige! J'ai éclos au crépuscule. C'est un de mes premiers souvenirs. À l'heure où les contours se brouillent et où le monde devient gris argenté, comme moi, je suis dans mon élément. Je vis en marge du jour, en marge de la nuit; le clair-obscur, les lisières, j'adore.

— Qu'est-ce que tu fais ici?

— J'ai entendu parler d'un certain endroit où je voudrais aller... L'itinéraire que j'emprunte longe le fleuve Hoole et, normalement, le ruisseau qui coule au pied de ce tronc s'y jette. Sinon, pourquoi un arbre de Ga'Hoole pousserait-il ici?

Soren et Gylfie hochèrent la tête. C'était une conclusion sensée.

— Et cet endroit, demanda Gylfie, il est à la lisière de quoi?

— Euh... En réalité, il serait plutôt au milieu.

— Au milieu de quoi? fit Soren.

— Le fleuve Hoole se déverse dans un lac, si gigantesque qu'on l'appelle la mer d'Hoolemere, et au centre, il y a une île. Sur cette île croît un arbre immense, le Grand Arbre de Ga'Hoole. C'est le plus haut, le plus énorme sur terre, à ce qu'il paraît. Il est au cœur du royaume de Ga'Hoole.

Soren crut s'étrangler.

— Il existe pour de vrai?

— Ce n'est pas qu'une légende? bredouilla Gylfie.

— Moi, je crois aux légendes, déclara Perce-Neige, sans une once d'arrogance et de provocation cette fois.

— Qu'y a-t-il là-bas? s'enquit Soren.

— Un ordre de chouettes très puissantes et très courageuses.

La chouette lapone enfla et doubla de volume sous les regards interloqués des deux autres.

— Est-ce que, par hasard, elles se dressent dans le noir pour accomplir de nobles exploits? chuchota Soren, tandis que les paroles de son père déferlaient dans sa conscience. Et que... de leurs becs ne jaillissent que des propos empreints de justice? Leur seule ambition est de réparer les torts, d'élever les malheureux, de vaincre les orgueilleux et d'affaiblir les tyrans; le cœur sublime, chaque nuit elles s'envolent... Ce sont ces chevaliers que tu recherches?

— Affirmatif. Ils travaillent et combattent ensemble, pour le bien de tous les royaumes.

— Tu crois réellement que ce lieu existe?

— Tu crois réellement savoir voler? répliqua Perce-Neige.

Soren et Gylfie clignèrent des yeux. Quelle étrange réponse. Ou plutôt: quelle étrange question. Qu'ils étaient loin, déjà, de la pension Saint-Ægolius pour chouettes orphelines!

24
Un monde dépeuplé

— Il va falloir que vous vous entraîniez à chasser. De quoi ils vous nourrissaient à Saint-Ægo ?

Les becs de Soren et de Gylfie étaient rouges du sang d'un campagnol que leur nouvel ami leur avait apporté. Ils n'avaient rien goûté d'aussi exquis depuis des lustres. Sa chair tendre avait un parfum de gland, mélangé aux baies blettes tombées de l'arbre de Ga'Hoole sur lequel ils étaient toujours perchés.

— Surtout de grillons, finit par répondre Gylfie. Sauf au couvoir.

— C'est tout ?

— Rien que des grillons, à chaque repas.

— Par Glaucis, comment une chouette peut-elle survivre dans de telles conditions ! Même pas un misérable bout de viande ?

Les oisillons secouèrent la tête sans un mot, trop absorbés par le festin. Perce-Neige comprit qu'il ne pourrait rien obtenir de ses compagnons affamés tant que leurs estomacs ne seraient pas remplis. Dès qu'ils en eurent terminé avec le campagnol, il posa sur eux son regard jaune et intense.

— Dites-moi franchement : ça vous plairait de partir avec moi en quête du Grand Arbre de Ga'Hoole ?

Ils échangèrent un coup d'œil furtif.

— Ben... oui, balbutia Soren.

— Et d'un autre côté..., non, ajouta Gylfie.

— Alors, c'est oui ou c'est non ?

— Les deux, expliqua-t-elle. On en a discuté pendant que tu chassais. On aimerait beaucoup y aller, bien sûr, mais d'abord...

— D'abord, vous devez vérifier si vos familles sont encore là.

— Oui, avouèrent les poussins dans un soupir.

Ils craignaient que ce soit difficile à accepter pour Perce-Neige, qui était orphelin presque depuis l'éclosion et qui ne se souvenait ni de son nid, ni de ses parents. Il avait papillonné d'arbre en arbre, de contrée en contrée.

Il avait même vécu avec des créatures très différentes : des piverts l'avaient recueilli à Ambala, un vieil aigle à Tyto et, plus extraordinaire encore, des renards du désert à Kunir. Pour cette raison, il ne traquait jamais de renards, en aucune circonstance. Manger du renard était pour lui impensable.

— D'accord. D'après ce que vous m'avez raconté, cela ne nous oblige pas à faire un grand détour. Notre route suit le fleuve et les tiens, Soren, habitaient à proximité puisque tu apercevais l'eau depuis ton sapin, pas vrai ? En ce qui te concerne, Gylfie, je peux te garantir que je connais Kunir en long, en large et en travers. Mon gésier me dit que ta famille nichait près du ravin.

— Oui ! Oui !

— C'est un lit de rivière à sec, creusé par le fleuve Hoole il y a très, très longtemps. Donc ce n'est pas très éloigné de notre itinéraire.

— Je te promets qu'on va vite apprendre à chasser. Juré, craché ! s'enflamma Soren.

— Est-ce que poursuivre une proie, c'est comme voler ou... trouver le Grand Arbre de Ga'Hoole ? Il suffit d'y croire ? tenta Gylfie.

— Oh! Par pitié! grogna Perce-Neige avec dédain. Il ne s'agit que de becqueter.

Les trois chouettes s'envolèrent à la tombée de la nuit. Les températures avaient chuté de façon vertigineuse et il n'y avait plus de courants ascendants pour les porter. Soren et Gylfie réalisèrent à quel point les thermiques avaient facilité leur évasion. Scrogne avait eu une brillante idée en leur conseillant de profiter de ces vents hors de saison pour quitter la pension. En dépit de leur absence, cette fraîche nuit d'hiver était délicieuse. C'était un tel bonheur d'être libre! Le paysage aiguisé par le givre s'était paré de reflets éblouissants. Soren aurait tant voulu que son père et sa mère le voient s'élever ainsi dans le ciel – « le Par-Delà » comme l'appelait Mme Pittivier. Chère Mme P., un amour de serpent! Elle aussi lui manquait cruellement.

Le lendemain, il s'était mis à neiger très fort. La tempête était aveuglante. Les paupières nictitantes de Soren s'agitaient pour écarter de ses yeux les flocons gênants. Par moments, la neige était si épaisse que ciel et terre se confondaient en une toile grise qui s'étendait à perte de vue ; l'horizon n'existait plus, il avait sombré dans le néant. Perce-Neige naviguait dans ce flou avec une adresse et une grâce hors du commun. Soren et Gylfie le serraient de près, le premier du côté de son aile exposée au vent et la seconde, sous le vent.

— Qu'est-ce que je vous disais ? Le monde est parfois tout en demi-teintes, commentait-il en les guidant habilement entre les rafales.

— Comment tu fais pour y voir là-dedans ? l'interrogea Soren.

— Les objets ont des lignes nettes dans la lumière du jour et dans la nuit, mais certaines choses sont invisibles, même par temps clair. Pour avoir une bonne vue dans des conditions comme ce soir, j'ai dû désapprendre quelques trucs.

— Hein ? Comment c'est possible ?

— J'ai compris que je ne devais plus me fier uniquement à ce que je percevais avec les pupilles. J'ai effacé l'ancienne méthode de mon esprit et j'ai cherché un autre moyen de m'orienter, grâce aux sensations que me procure mon gésier.

— Ça paraît compliqué, souffla Gylfie.

— Ouais. À présent, assez causé! Préparez-vous à atterrir. Gylfie, n'oublie pas ce que je t'ai répété concernant l'extension des serres. Je n'ai pas envie de te retrouver le croupion en l'air comme la dernière fois.

— Oui, Perce-Neige, je m'en souviendrai. L'extension des serres est d'une importance vitale.

— Oh! Plus ils sont minus, plus ils utilisent des grands mots, grommela-t-il.

— Je me suis sûrement trompé. Notre sapin était sans doute plus distant du fleuve. Ce n'était peut-être même pas un sapin...

Ils avaient visité trois arbres et les trois s'étaient révélés vides. Il n'y avait nulle part autour d'eux le moindre signe de vie, à l'exception de traces de passage laissées dans deux des troncs.

— Ma mémoire est loin d'être infaillible. J'ai... J'ai dû...

— Soren, ils sont partis, l'interrompit Gylfie.

Il se tourna vers la chevêchette, tremblant de rage.

— Comment peux-tu affirmer une chose pareille?

Tu ne les as jamais rencontrés. Moi, je sais que mes parents ne seraient pas partis sans moi!

— Ils ne t'ont pas abandonné. Ils ont pensé que tu avais disparu pour toujours, que tu avais été enlevé.

— Non! Et la foi? Qu'est-ce que tu en fais? Ma maman n'aurait pas renoncé. Jusqu'au bout, elle aurait gardé espoir.

C'est en prononçant ce dernier mot qu'il sentit une fêlure s'ouvrir en lui. Son gésier se ratatina comme un fruit sec. L'idée que ses parents aient perdu tout espoir de le revoir était insoutenable. Il se mit à sangloter et à frissonner. Ses plumes raidies par le gel frémissaient.

— Elle n'a pas tort, Soren. Il a pu leur arriver des bricoles. Ne le prends pas mal. Ressaisis-toi, vieux frère.

— « Ne le prends pas mal »? Qu'est-ce que tu sais de la famille, toi, d'abord? Tu n'en as jamais eu. Tu passes ton temps à te vanter de ce que t'a enseigné l'école de la vie. Mais tu ne connais pas la chaleur du duvet d'une mère, la joie d'entendre son papa réciter une histoire ou chanter une chanson. Tu sais ce qu'est un psaume, Perce-Neige, ou un livre? Ça m'étonnerait.

Les plumes de Perce-Neige étaient tout ébouriffées à

présent et hérissées de cristaux de glace. Il était terrifiant.

— Je vais te dire ce que je sais, vermisseau. La planète entière est ma famille. Je connais le velours d'une fourrure de renard et l'étrange lueur verte qui noie leurs yeux pendant les lunes de printemps. Je peux pêcher parce qu'un aigle m'a montré la technique. Et quand la viande se fait rare, je suis capable de repérer le coin le plus infesté d'un tronc d'arbre pourri pour en aspirer des bestioles juteuses. Je sais des tas de trucs, figure-toi.

— Arrêtez de vous disputer ! hurla Gylfie. Soren, tu es abattu, c'est normal. Je réagirai comme toi quand mon tour viendra.

— De quoi tu parles ?

— À ton avis, j'ai combien de chances sur cent de retrouver mes parents ? Zéro.

— Pourquoi ?

Même Perce-Neige était abasourdi.

— On a été kidnappés, Soren. Tu t'imagines qu'un père et une mère responsables resteraient au même endroit à attendre bien sagement que toute la nichée se fasse attraper? Les patrouilles de Saint-Ægo veulent d'autres poussins et ils savent où les capturer : ils allaient réattaquer, c'était forcé. Je devine où les miens ont pu s'en aller.

— Où?

— Au Grand Arbre de Ga'Hoole.

— Pourquoi? C'est l'arbre des contes... des contes...

— Des Contes d'Antan.

— Oui, des Contes d'Antan. Pourquoi ils s'en iraient pour un lieu mythique dont personne n'est revenu?

— Par désespoir.

— Ce n'est pas une raison.

— Ou parce qu'ils sentaient dans leurs gésiers que c'était la meilleure décision à prendre, suggéra-t-elle d'une voix plus ferme.

— Comment peut-on ressentir dans son gésier qu'une légende n'est pas une légende? Tu délires, Gylfie. Crottes de raton à la fin!

Lâcher un gros mot lui apporta un peu de réconfort. Toutefois, il était mal à l'aise. Il avait l'impression de trahir son père. Noctus n'avait-il pas déclaré que les légendes résonnaient d'abord dans le gésier, puis qu'au fil du temps elles vibraient dans le cœur ?

— Crottes de raton ! Vraiment, n'importe quoi, Gylfie.

Son entêtement ne servit qu'à le déprimer davantage.

— Soren, je ne crois plus trop en la logique. On vit dans un monde absurde. Saint-Ægo, ce n'était pas n'importe quoi peut-être ? Crocus et Hulora, elles, ne t'ont jamais paru bizarres ?

— Et Scrogne alors ? murmura-t-il.

— Oui, Scrogne était exceptionnel, répondit-elle en tendant les ailes pour consoler son ami.

Perce-Neige, qui n'avait pas osé intervenir jusque-là, reprit la parole :

— Moi, je vais chercher le Grand Arbre de Ga'Hoole. Vous êtes les bienvenus si vous voulez m'accompagner. On peut encore faire un saut par le désert de Kunir, Gylfie ; ce n'est pas loin. Même si j'ai peur que tu aies raison à propos de tes parents, tu n'auras pas l'esprit en paix tant que tu n'auras pas vérifié. On ira dès ce soir.

— D'accord.

L'esprit en paix ? Soren était tout sauf en paix. Les deux chouettes qui l'avaient le plus aimé et choyé avaient fui,

Glaucis savait où. C'était comme si une écharde de glace s'était enfoncée dans son cœur.

Ils n'entameraient leur périple qu'à la nuit tombée – le moment idéal pour naviguer dans le désert selon Perce-Neige, surtout sous le dernier quartier de lune. Soren était trop fatigué pour réclamer des explications. D'autant qu'à chaque question, Perce-Neige se lançait dans de longues tirades, souvent agrémentées d'anecdotes héroïques. Il ne ratait pas une opportunité d'étaler sa science, de souligner son intelligence et sa bravoure. C'était plus que Soren ne pouvait en supporter ce matin-là.

— Bon potron-minet[1], soupira-t-il.

— Bon potron-minet, Soren, susurra Gylfie.

— 'Tron-minet, Soren et Gylfie.

— À toi aussi, Perce-Neige, répondirent-ils en chœur.

Soren ne mit pas longtemps à s'assoupir. Qu'il était doux de dormir au creux d'un tronc avec le crâne coincé sous l'aile, dans la position normale.

1. Point du jour.

Bientôt, un cri familier pénétra son sommeil. Il se téta-
nisa et retint sa respiration. Scrogne! De retour à la
bibliothèque de Saint-Ægo, Soren et Gylfie battaient fol-
lement des ailes. «Foncez! Vous n'aurez pas de seconde
chance!» C'est alors qu'un hurlement lugubre les transit
d'effroi. «Ne regardez pas derrière. Surtout ne regardez
pas.» Bien sûr, ils désobéirent.

— Réveillez-vous! Réveillez-vous! Vous faites de
vilains cauchemars.

Perce-Neige les secouait comme des pruniers. Soren et
Gylfie ouvrirent les paupières ensemble, avec au fond
des yeux la même image horrible: celle d'un nyctale
écartelé, sanguinolent et blessé à mort.

— Scrogne, gémit Gylfie, il est mort.

— On a fait le même rêve. Mais... ce n'était qu'un rêve.
Il va peut-être très bien.

— Non. Je n'ai pas pu m'empêcher de me retourner
l'autre nuit, et je l'ai aperçu du coin de l'œil. Ses ailes
étaient déchirées, sa tête pendouillait sur le côté.

Sa voix s'éteignit avec les derniers rayons du couchant.

— Pourquoi tu n'as rien dit?

— Parce que... parce que j'étais en train de voler. Je commençais juste à sentir un coussin d'air moelleux sous mes ailes. J'étais sur le point de m'élever dans le ciel et j'ai oublié tout le reste.

Elle était confuse et honteuse. Mais Soren la comprenait. À l'instant où Scrogne était mort, ils étaient enfin devenus ce à quoi la nature les avait destinés : des êtres volants.

— Allez, ressaisissez-vous, fit Perce-Neige d'un ton bourru. Il faut qu'on décampe dans quelques minutes. C'est une nuit parfaite pour survoler Kunir. Je peux vous garantir qu'il n'y a rien de plus excitant que de traverser un désert. En plus, vous aurez l'occasion de chasser. On trouvera plein de serpents juteux à souhait là-bas.

— Je ne mange pas de serpent, avertit Soren.

— Oh! crottes de raton! marmonna Perce-Neige.

Voilà qu'en plus, son nouveau copain faisait le difficile. Il tenta de rassembler toute sa patience.

— Ah bon? Monsieur ne mange pas de serpent? Et peut-on savoir pourquoi?

— Tu ne manges pas de renard, toi! rétorqua Gylfie.

— C'est différent. Déjà, peu de chouettes aiment le

renard, alors que les serpents font partie du régime de base. Je vous préviens, je vais craquer. Vous êtes givrés ou quoi ? Quand j'avais votre âge, j'aurais avalé n'importe quoi, pourvu que ça me maintienne en vie et en état de voler. C'est quoi, ton problème ? Quel genre de chouette ne dévore pas de serpent ?

— Lui et toute sa famille, par exemple, répliqua calmement Gylfie. Ils avaient une vieille domestique à écailles qui s'appelait Mme Pittivier ; elle s'occupait du nid et des couvées. Par respect pour elle, ils se sont toujours interdit de chasser le serpent.

Soren était touché que Gylfie se souvienne du nom de Mme Pittivier.

— Je tremble à l'idée que Mme P. pourrait surprendre cette conversation, ajouta-t-il. Même si j'adorerais la voir arriver.

Perce-Neige fit une mine excédée et grogna quelques mots à propos des chouettes pourries-gâtées et de l'école de la vie.

— Une domestique ? J'hallucine !

Tandis qu'il regagnait l'extrémité de la branche, sa tête sembla pivoter à 360 degrés sur ses épaules. Il marchait à pas pesants en donnant des coups de patte en l'air pour montrer sa frustration.

— Pas croyable! J'en reviens pas! Bientôt, je vais apprendre qu'ils avaient un livreur de campagnols. Pour rien au monde, je ne voudrais d'une existence pareille – ah ça, non!

25

Le retour de Mme P.

Une barrière de broussailles s'étendait entre la forêt et le désert de Kunir qui scintillait au loin. Perce-Neige proposa d'y marquer une halte. Soren, piqué au vif par les critiques de ce dernier sur son « enfance dorée », était bien décidé à prouver de quoi il était capable comme chasseur. Pendant que ses compagnons enfouissaient leur bec sous l'aile pour faire une sieste, il s'envola afin de débusquer un campagnol, une souris, voire un rat.

Il fut rapidement alerté par l'écho d'un cœur qui battait. Ce n'était pas une souris ; non, le pouls était trop lent... En plus des pulsations, il détecta un autre bruit : un frêle sifflement aux accents mélancoliques. Peu de créatures auraient identifié la plainte d'un serpent éploré, mais Soren ne pouvait se tromper. Et c'est ainsi qu'il retrouva Mme Pittivier. Il se posa sur une souche couverte de mousse, et, à son pied, entre deux racines saillantes, il découvrit un enchevêtrement d'anneaux pâles qui miroitaient au clair de lune. Incrédule, il murmura :

— Madame P. ?

Une petite tête se dressa, où deux renfoncements remplaçaient les yeux.

— Madame P. !

— Miséricorde ! C'est impossible !

— Madame P., c'est moi ! Soren !

— Oui ! Mon cher garçon ! Comment aurais-je pu t'oublier ?

Quelle veine, quelle extraordinaire coïncidence ! Et elle l'avait reconnu ! À cet instant, ses pires craintes s'évanouirent. Mme P. déroula son long corps et grimpa sur la souche pour célébrer ces joyeuses retrouvailles. Si elle avait eu des yeux, ils auraient versé des larmes de bonheur. Ils se caressèrent le visage avec tendresse, puis elle insista pour se glisser et ramper partout sur ses ailes.

— Ne bouge pas, trésor. Je veux admirer ton plumage.

Oh! doux Glaucis, tu es magnifique! Tu dois être splendide en vol.

— Mais, madame P., où sont papa, maman, Églantine et Kludd?

— Ne prononce pas ce nom!

— Celui de mon frère?

— Oui, chéri. C'est lui qui t'a poussé du nid. J'ai su qu'il était mauvais comme la gale à la minute où il a éclos.

— Comment le savez-vous? Vous n'avez pas pu le voir faire.

— Nous, serpents aveugles, nous percevons beaucoup de choses. Pour basculer, il aurait fallu que tu sois en équilibre au bord du creux. Or, j'étais certaine que tu n'y étais pas. Tu te contentais d'observer le ciel. Au moment où il t'a heurté, j'étais assoupie près de ses pattes et ses mouvements m'ont réveillée. J'ai senti ses serres se lever et se tendre brusquement. Pas étonnant qu'il ait refusé que j'aille chercher du secours! Il a même essayé de bloquer la sortie. J'ai déniché une autre issue, mais par malheur je suis rentrée trop tard: tu avais déjà été enlevé.

Les paupières closes, il tenta de raviver ses souvenirs.

— Vous avez raison, confirma-t-il d'un ton calme. J'ai été poussé.

— J'ai eu peur qu'il ne fasse pareil à Églantine. Tes parents étaient dévastés quand ils ont constaté ta disparition. Ils ont délivré des instructions très strictes à Kludd au sujet de votre sœur. Il avait ordre de la surveiller de près dès qu'ils repartiraient chasser. Je redoutais le pire. Lors de leur expédition suivante, j'étais dans une frénésie indescriptible. Mon amie Hilda travaillait à cette époque pour des effraies des prairies – une charmante famille, d'ailleurs. J'espérais qu'ils pourraient me venir en aide. Je me suis enfuie discrètement pendant que Kludd dormait d'un profond sommeil. Du moins, je le croyais. À mon retour, Églantine s'était volatilisée.

— Quoi? Où? Qu'est-ce qu'il a dit?

– Oh! J'en frémis encore. Il a grondé: «Un mot de tout ceci, P., et vous aurez affaire à moi.» J'étais à des lieues de m'imaginer ce qu'il sous-entendait par là, alors j'ai répondu: «Jeune mâle, ce n'est pas une façon de parler à un adulte, même si je ne suis qu'une domestique.» Et, accroche-toi bien, il a ajouté d'une voix stridente.

« Vous savez, P., j'ai développé depuis peu un goût particulier pour la viande de serpent », et là il a fondu sur
moi.

— Nom de Glaucis !

— Ne jure pas, mon garçon. C'est indigne d'une
chouette de ta qualité.

— Qu'avez-vous fait ?

— Je me suis sauvée par un trou. J'ai longtemps
attendu ton père et ta mère, mais de ma cachette je ne
distinguais toujours que ton méchant frère et j'ai pensé
que si je voulais survivre, j'avais intérêt à filer. Je n'ai
même pas pu avertir Noctus et Marella, tu te rends
compte ! Après toutes ces années de service, partir sans
prendre congé... Quelle honte !

— Vous n'aviez pas le choix, madame P.

— Non, sans doute.

— Venez avec moi ! Je me suis fait des amis. Nous
allons à Hoolemere.

— Hoolemere !

Mme Pittivier ne dissimula pas son enthousiasme.

— Le Grand Arbre de Ga'Hoole, vous connaissez ?

— Oh! oui, bien sûr. Il est juste de ce côté du Par-Delà!

Le gésier de Soren frissonna de bonheur.

— Elle n'est PAS au menu, je te préviens! dit Soren en jetant un regard noir à Perce-Neige.

Il avait atterri sur une branche à hauteur de leur creux, avec Mme Pittivier lovée au chaud entre ses épaules.

— Que ce soit clair. Il s'agit de ma chère Mme Pitti-vier.

— Mme Pittivier! s'exclama Gylfie en sautillant sur la branche. *La* Mme Pittivier? Je suis très honorée. Permet-tez-moi de me présenter: je suis Gylfie.

— Ah! Une chevêchette elfe, n'est-ce pas?

Mme Pittivier replia ses anneaux, se redressa et ondula lentement au-dessus de Gylfie.

— Je suis enchantée. Oh, seigneur! tu es presque aussi petite que moi! s'écria-t-elle en riant — ce qui chez les serpents se traduit par une sorte de hoquet.

— Et voici Perce-Neige, dit Soren.

— Ravie, répondit-elle.

— De même, fit celui-ci. Désolé, j'suis pas habitué aux

domestiques, m'dame. Je me suis élevé tout seul, à la dure. L'école de la vie, voyez. J'suis moins poli que ces deux-là.

— Oh! les bonnes manières ne s'enseignent pas vraiment comme à l'école, tu sais. Elles s'inculquent par l'éducation.

Intimidé, Perce-Neige recula.

— Ne vous tracassez pas, madame P., reprit Soren. Je leur ai expliqué que je venais d'une famille où on ne mangeait pas de serpent et je tiens à ce que cette règle soit respectée de tous.

Gylfie et Perce-Neige acquiescèrent solennellement.

— Excellent. Je suis persuadée que nous allons nous entendre à merveille.

— Mme P. veut nous accompagner. Elle pourra s'agripper à mes plumes.

— Seigneur, comment vais-je trouver un nouvel emploi sans recommandation? s'affola-t-elle.

— Et moi alors? s'offusqua Soren.

— Oui... je présume qu'on se fiera à ta parole, bien que j'aie passé beaucoup plus de temps que toi auprès des tiens, hélas! se lamenta-t-elle.

— Ce n'est pas l'heure de nous attendrir, m'dame. On a de la route devant nous, déclara Perce-Neige, sans rudesse mais avec fermeté.

— Oh! oui, pardonnez-moi.

Un frisson la parcourut du nez jusqu'à la queue, comme si elle essayait de se débarrasser de sa morosité à la façon d'une mue. Perce-Neige, craignant d'avoir été trop brutal, ajouta :

— Je pourrai vous porter, si vous voulez. Je suis plus gros que toi, Soren, je ne sentirai même pas son poids.

— Oh! vous êtes trop aimables, les garçons, minauda Mme P.

— Je regrette de ne pouvoir vous faire une telle offre, dit Gylfie. Je ne dois pas peser plus lourd que vous. En revanche, je me réjouis à l'avance de profiter de votre conversation.

— Quel amour! Je me suis laissé dire que c'était toujours un plaisir de s'entretenir avec une chevêchette elfe.

Comme de juste, Perce-Neige leva les yeux au ciel en rouspétant contre les mini-créatures et leurs grands airs.

— Cependant, trésor, pour être honnête, les serpents

domestiques ne sont pas supposés s'adonner à des discussions oisives avec des chouettes de votre rang.

— Madame P., soupira Soren, s'il vous plaît, arrêtez avec ça.

— Avec quoi, mon enfant?

— Vos discours sur la condition, les rangs, etc. Nous sommes égaux maintenant. Plus de maîtres, plus de nids, plus rien. On a tous assisté à des scènes atroces. Le monde n'est plus le même pour nous.

— Enfin, Soren, ne dis pas de bêtises. Tant qu'il y aura de la vie sur terre, il existera des individus nés pour servir. Je suis l'héritière d'une tradition ancestrale du service et cela n'a rien de dégradant. C'est une vocation très noble, au contraire.

Il renonça à la convaincre et le petit groupe finit par décoller. La lune culminait, couronnée d'une auréole de brume.

— Oh! C'est fantastique, Soren! Je suis dans le Par-Delà. Qui l'eût cru? Que tu voles bien!

L'exaltation donnait à la voix flûtée de Mme P. des intonations chantantes.

— Cramponnez-vous, je vais m'incliner pour virer.

En réalité, la manœuvre n'était pas nécessaire, mais il ne pouvait résister à l'envie de montrer à sa vieille amie l'éventail de ses talents. Il fit une deuxième embardée pour réintégrer la formation.

— Je suis dans le Par-Delà ! Le Par-Delààà !

La joie de Mme P. éclatait et Soren croyait voir les étoiles sourire à ses sifflements de triomphe.

Perce-Neige avait raison. Rien ne valait les voyages dans le désert. La lune s'était effacée du ciel constellé, et la nuit était d'un bleu sombre, profond. Les vagues de chaleur qui s'élevaient des sables les éclaboussaient, atténuant le mordant de la bise hivernale. Les trois chouettes planèrent des heures durant sur les courants ascendants en utilisant leurs rémiges secondaires et les plumes rectrices de leur queue. Elles inscrivaient des arabesques majestueuses sur la voûte céleste, y dessinaient du bout des ailes des êtres fabuleux et suivaient le cours étincelant des astres.

Perce-Neige était très calé. Les constellations n'avaient pas de mystère pour lui. Il leur indiqua le Grand Glaucis, reconnaissable à l'étoile immobile à la pointe de son aile ; le Petit Raton laveur ; le Grand Raton laveur, visible l'été, qui vacillait et qu'on appelait parfois le Raton dansant ; il y avait aussi le Grand Corbeau, qui se déployait au début de l'automne et qui volait à présent sous le flamboyant Grand Glaucis.

Soren réalisa subitement à quel point son corps avait évolué. Ses dernières barbules avaient surgi. Des plumes duveteuses et fines recouvraient ses rémiges, grâce auxquelles il pénétrait l'air sans un bruit.

— On est presque arrivés, annonça Gylfie

Ils firent une longue glissade, puis ils avancèrent en rasant les sommets des cactus épineux.

— Ne vous inquiétez pas. Leurs aiguilles ne nous blesseront pas, on est trop légers.

Elle atterrit la première, suivie de Perce-Neige. Au moment de se poser à son tour, Soren perçut des battements de cœur rapides. Son instinct décrivit une souris et l'eau lui monta au bec.

Tenez bon, madame P. ! J'ai repéré une souris !

— Oh ! gémit-elle en se blottissant dans son épais collier de plumes.

En quelques coups d'ailes puissants, il regagna de

l'altitude. Il pencha le crâne dans un sens, puis dans l'autre, et détermina ainsi la position exacte de la bête : elle trottinait quasiment sous son ventre. En un éclair, sans réfléchir, il plongea en spirale. La seconde d'après, il enfermait une souris dans ses serres. Il se souvint du geste de son père, lorsque celui-ci tuait ses proies au pied de leur sapin, et planta le bec dans sa prise.

— Excellent travail, le félicita Perce-Neige. Les effraies sont imbattables pour localiser les rongeurs.

« Ouah ! Un compliment de Perce-Neige ? Je dois rêver », songea Soren.

— Même pour quelqu'un qui aurait été éduqué à la dure, à l'école de la vie ?

— Allons, Soren ! Surveille tes manières ! chuchota Mme P.

Il se repentit aussitôt de sa pique.

— Pardon, Perce-Neige, ce n'était pas très gentil.

— Pas très gentil ? s'écria une petite voix. C'est le moins qu'on puisse dire ! Ôte tes sales pattes de ma maison !

Soren recula d'un pas. Dans le sable, à la base d'un cactus, il remarqua un trou par lequel dépassait une minuscule tête, pas très différente de celle de Gylfie mais un peu plus large, avec des plumes marron et d'immenses prunelles jaunes encadrées par deux touffes blanches.

— Nom de Glaucis, qui?... murmura Soren.

— Oh! Je n'aime pas ça du tout... gronda Perce-Neige.

— *Speotyto cunicularia*! les informa Gylfie. Une espèce très rare...

— Oh! toi et tes grands mots!

— Aaaaah! hurla soudain l'étrange animal, avant de se réfugier au fond de son trou.

Ils entendirent ensuite un soupir – puis plus rien. Perce-Neige s'approcha de la tanière et regarda à l'intérieur.

— Je crois qu'il est tombé dans les pommes.

— C'était quoi? demanda Soren, qui en avait oublié sa succulente souris.

— Une chouette des terriers, expliqua Gylfie. Elles nichent dans les terriers abandonnés par d'autres animaux.

— Oh! Beurk! s'exclamèrent les deux garçons.

— Dégoûtant! cracha Perce-Neige. Eh bien, on en apprend tous les jours, même moi... plutôt un jour sur deux, en ce qui me concerne. D'abord, un énergumène qui ne mange pas de serpent et... Oh! désolé, madame Pittivier.

— Ne t'excuse pas. La famille de Soren était exceptionnelle. Et si distinguée!

— Hmm... Et maintenant un hurluberlu qui vit dans le sol et pas dans les arbres. Où va-t-on?

— Ne pas manger de serpent et habiter dans un terrier, ce n'est pas pareil, bougonna Soren, vexé. En plus, tu as vécu avec des renards, je te rappelle.

— Non, pas *avec*! Moi, j'habitais dans le creux d'un vieux cactus, *au-dessus* de leur tanière.

Un bruissement en provenance du terrier interrompit leur dispute. Les trois copains s'installèrent en cercle autour et un bec pointa:

— Il est encore là?

— Qui? demanda Gylfie.

— Celui qui a le visage blanc. La chouette fantôme.

Perce-Neige et Gylfie se tournèrent vers Soren.

— Moi?

Le doute n'était plus possible: il avait bel et bien acquis son apparence définitive. Comme toutes les effraies, sa face était d'un blanc de neige, cerclée de fauve. Son ventre et le dessous de ses ailes étaient d'une couleur identique, tandis que le dessus de ses ailes, son dos et son crâne étaient d'un brun mêlé de roux et parsemé de gracieuses taches plus foncées. Enfin, contrairement à la majorité des chouettes et hiboux, ses yeux n'étaient pas jaunes mais d'un noir intense, qui accentuait la pâleur de son visage. Il devait beaucoup ressembler à son père. Cette pensée l'emplissait autant d'orgueil que de tristesse. Il aurait tellement voulu que ses parents le voient ainsi. Et Églantine – comment était-elle maintenant ? Elle tenait sûrement de sa mère, avec un cercle plus contrasté autour des disques faciaux, surtout dans la moitié inférieure, et un plumage plus sombre. Elle serait bientôt prête à voler.

— Je ne suis pas un fantôme. Je suis une chouette effraie. Nous avons toutes le visage blanc.

— Tu le jures ? couina l'inconnu en s'aventurant peu à peu à l'extérieur.

— Jurer quoi ?

— Que tu n'es pas un fantôme ?

— Évidemment! Et toi, c'est vrai que tu niches dans ce trou?

— Moi et les miens, on a toujours occupé des terriers: mes parents, mes grands-parents, mes arrière-grands-parents, mes arrière-arrière-grands-parents... Dis, il est pour qui ce serpent qui siffle sur ta tête? Pourquoi tu ne le manges pas, toi?

— Voici Mme Pittivier. Elle est dans ma famille depuis très longtemps, déclara-t-il avec fierté. Chez moi, nous ne chassons pas le serpent. Cela nous rebute et nous paraît injustifié. Mes amis ont accepté cette règle et tu as intérêt à en faire autant. Sinon, je te transforme en fantôme illico presto!

— Bon, d'accord. J'ai compris, c'est très clair. Madame Pittivier, je suis heureux de vous rencontrer. Vous avez l'air délicieuse... enfin, charmante.

Soren se mit à grogner, mais Mme P. était une habile diplomate.

— Ne te fâche pas, Soren, je suis certaine qu'il n'y avait aucun sous-entendu.

— Alors, pourquoi tu n'es pas avec tes parents? lâcha Perce-Neige de but en blanc.

— Je n'aime pas trop en parler...

— Tu as été kidnappé ?

Après un silence, il se décida à raconter son histoire, par bribes entrecoupées de hoquets et de sanglots, ce qui, naturellement, fit ronchonner Perce-Neige.

— Ce garçon est hystérique... manquait plus que ça...

Gylfie lui ordonna de la boucler sans ménagement, après quoi Soren et elle purent écouter avec attention. La chouette se nommait Spéléon. Ses deux frères avaient été enlevés pendant que leurs parents étaient en train de chasser. D'après la description des chouettes qui avaient perpétré ce crime, il devait s'agir de Casus et Belli. Cependant, la partie la plus horrible du récit était à venir. Casus et Belli s'étaient bagarrés au sujet du plus jeune, Flick :

— ...un poussin potelé et dodu . si mignon et ils... ils... ils l'ont dévoré !

Spéléon s'effondra dans le sable, sans connaissance.

— Voyons ! fit Perce-Neige en secouant doucement le pauvre malheureux. Tu ne peux pas tourner de l'œil toutes les dix secondes. Ressaisis-toi !

Gylfie et Soren étaient consternés. Soren résolut

d'incendier Perce-Neige s'il prononçait encore une fois le mot « Ressaisis-toi ». Mais Gylfie explosa la première :

— Son frère s'est fait dévorer et tu lui dis de se ressaisir ! cria-t-elle, les plumes hérissées. Perce-Neige, un peu de sensibilité, bon sang !

— Ce n'est pas avec de la sensibilité qu'on survit dans le désert. S'il s'évanouissait comme ça sous la pleine lune, il serait débouluné en moins de deux.

Gylfie et Soren frémirent à la simple évocation du déboulunage. Pendant ce temps-là, Spéléon reprenait ses esprits et se remettait péniblement debout.

— Comment as-tu pu leur échapper ? l'interrogea Soren.

— J'ai couru.

— Couru ? s'exclamèrent les autres.

Quel oiseau bizarre, décidément !

— Je n'étais pas très doué pour voler à l'époque. En revanche, nous, chouettes des terriers, nous courons très vite.

Soren observa ses pattes : elles étaient presque nues et d'une longueur inouïe.

— Alors j'ai détalé. Les deux affreux étaient au beau

milieu de leur prise de bec, ils ne se sont aperçus de rien. Mon deuxième frère, Cunny, était déjà entre les serres d'un troisième ravisseur, qui n'arrêtait pas de supplier ses deux complices de laisser Flick. Il avait une voix surprenante, plus mélodieuse.

— Scrogne! devinèrent Soren et Gylfie.

— Et après? insista Perce-Neige. Tes parents ne sont pas rentrés?

— Ben... Le problème, c'est que j'ai couru si loin que je me suis égaré... Depuis, j'essaye de retrouver mon chemin. Un soir, je suis tombé sur un terrier qui ressemblait comme deux gouttes d'eau à celui de ma famille, sauf qu'il était désert. Ce n'était sûrement pas le bon... Enfin, j'espère... Non? À votre avis?

Devant leur silence gêné, il poursuivit:

— Ils ne nous auraient pas quittés, quand même. Ils ont dû comprendre qu'un accident était arrivé et l'un sera parti à notre recherche tandis que l'autre restait en arrière. Au cas où...

Son souffle diminua, étouffé par la brise glaciale de Kunir. Soren ressentait la détresse de Spéléon au plus profond de son gésier.

— Spéléon, peut-être qu'à leur retour, ils ont vu le... le sang et les plumes de ton frère par terre. Ils ont dû penser que vous étiez tous morts. Ils ne t'ont pas abandonné, ils ont cru qu'ils t'avaient perdu à jamais.

— Oh... C'est monstrueux. Mon père et ma mère nous croient morts, mes frères et moi... Il faut que je les rattrape pour qu'ils sachent qu'un de leurs fils est vivant. En plus, je suis apte au vol maintenant.

Mais, alors qu'ils s'attendaient à le voir décoller, il se mit à cavaler à travers le désert.

— Qu'est-ce que tu fabriques? brailla Perce-Neige.

— Il y a un terrier ici, je veux juste jeter un coup d'œil.

— Oh! Grand Glaucis! soupira Gylfie. Il va arpenter toute la région en fourrant la tête dans chaque trou!

26
La bataille du désert

Ils longèrent toute la nuit la frontière du désert de Kunir, sans déceler la moindre trace de la famille de Gylfie, pas même dans le vieux cactus qu'ils avaient partagé avant l'enlèvement.

Soren repensait à Saint-Ægo pendant le vol, et au mal absolu incarné par les chouettes qui dirigeaient la pension. Elles n'avaient épargné aucun royaume : elles avaient dérobé des œufs à Ambala, kidnappé des poussins à Tyto et, comble de l'horreur, pratiqué le cannibalisme à Kunir. Si, d'après Hortense, les adultes d'Ambala savaient que Saint-Ægo était la source de leurs ennuis, Noctus et Marella avaient toujours cru à des actes gratuits et isolés, au pire à l'œuvre d'un gang de voyous. Comme la plupart des chouettes sur cette planète, ils n'auraient jamais pu soupçonner l'existence d'un endroit aussi vaste et diabolique que Saint-Ægo. Soren, Gylfie et Perce-Neige étaient-ils donc les seuls à mesurer l'ampleur des ambitions et du pouvoir de Crocus? À posséder l'ensemble des pièces de cet abominable puzzle? Alors ils devaient faire front, coûte que coûte, pour tenter de sauver des vies. La solidarité était une force, même s'ils n'étaient que trois.

Quand il était prisonnier de la pension, Soren avait saisi que s'évader ne suffirait pas au moment où il s'était représenté sa sœur adorée, Églantine, victime du système impitoyable de Saint-Ægo. Il avait soudain réalisé que le monde au-dehors était plein d'Églantines à protéger. Depuis qu'ils étaient libres, la tâche lui paraissait plus écrasante encore. Serait-il capable d'exposer son point de vue à ses amis avec la prudence et la conviction nécessaires?

De temps en temps, Soren, Gylfie et Perce-Neige baissaient les yeux pour regarder Spéléon qui progressait tant bien que mal dans le sable. Il décollait à l'occasion mais il ne montait jamais très haut, afin d'inspecter toutes les tanières susceptibles d'abriter ses parents. En général, toutefois, il courait sur ses longues pattes déplumées, sa courte queue redressée pour profiter de l'impulsion du vent. Quand il luttait contre les brises, comme c'était le cas maintenant, il se penchait en avant, ramassait ses ailes contre son corps, et fonçait tête la première.

— Je ne connais personne qui ait des pattes plus puissantes que ce fou furieux, marmonna Perce-Neige, tandis que le premier quartier de lune se hissait dans le ciel.

— Oui, et moi, une cervelle plus butée, commenta Gylfie.

Au fond de lui, Soren ne pouvait s'empêcher d'admirer cet oiseau étrange. Sa détermination était tout bonnement stupéfiante.

Il louait en lui-même la persévérance de Spéléon quand un bruit l'intrigua et détourna son attention. Il inclina le crâne d'un côté, puis de l'autre, les orifices de ses oreilles étant dissymétriques. Il avait vite appris à jouer de certains de ses muscles faciaux pour étendre la surface de ses disques et recueillir un maximum de sons.

Le bruit suspect venait de la direction de son aile au

vent, car son oreille droite – la plus basse – l'avait repéré avant. Il semblait se rapprocher à vive allure.

— Tu triangules? demanda Perce-Neige.

— Quoi?

— Trianguler, c'est votre fort à vous, les chouettes effraies: localiser l'origine d'un son avec précision. Il y a une bestiole appétissante dans les parages? Je grignoterais volontiers un morceau de viande.

— Il y a bien quelque chose, mais pas au sol. Ce serait plutôt dans le prolongement de mon aile au vent, dans la ligne de cette étoile brillante, au bout.

Tout à coup, des silhouettes se dessinèrent dans le ciel.

— Grand Glaucis! Casus et Belli!

— Oh! s'écria Gylfie. Ils fondent sur Spéléon. Pourvu qu'il ait un trou où se réfugier à proximité.

— 47-2 est avec eux. Cette stupide femelle est devenue énorme

— C'est un hibou petit duc des montagnes, affirma Perce-Neige

En effet, et elle rappelait de plus en plus une autre femelle de la même espèce, redoutable celle-là: Hulora.

— Ils ont dû l'autoriser à laisser pousser ses rémiges et lui apprendre à voler, présuma Gylfie.

— Cap à bâbord, lança Perce-Neige, il ne faut pas qu'ils nous entendent.

— Justement, tais-toi! râla Soren. Je veux écouter ce qu'ils disent.

Les rafales étouffaient l'essentiel de la conversation, mais les fragments que glanait Soren étaient préoccupants. « 47-2, quand tu auras goûté... des terriers... eh bien... tu m'en diras... rien de tel... court vite... pas de tanière par là   se cacher... »

— On doit agir.

— À trois contre deux et demi? soupira Perce-Neige en lorgnant Gylfie.

— Je peux faire diversion, suggéra celle-ci.

Sans leur donner le temps de répliquer, elle plongea en piqué.

— Qu'est-ce qu'elle fait?

Soren n'avait pas terminé sa phrase qu'elle était déjà rendue à terre, imitant du mieux qu'elle pouvait une chouette des terriers. Elle s'évertuait à courir dans le sable en balançant ses pattes le plus loin possible.

— Ça fonctionne! s'ébahit Perce-Neige, alors que 47-2 s'était tournée vers leur amie. Chargez!

— Accrochez-vous, madame P.

Casus et Belli venaient d'atterrir quand Perce-Neige et Soren attaquèrent. Les yeux fermés, Soren tendit les griffes. Il les sentit s'enfoncer dans les plumes, entre les aigrettes de Casus, avant de rencontrer des consistances très différentes: la chair, puis l'os. Le hibou lâcha un cri terrible et Soren fut entraîné dans un tourbillon de sable, de plumes et de poussière. «Pourvu que Mme P. soit allée se mettre à l'abri», pensa-t-il.

Les féroces hululements de Casus et de Belli, ces *wouh wouh* qui l'avaient toujours terrorisé, emplirent l'immensité du désert. Perce-Neige y répondit par un chant guerrier, comme lui seul était capable d'en improviser:

> *Hé! les zozos à face de crapaud,*
> *Vous vous prenez pour des oiseaux?*
> *Vous prétendez être des hiboux,*
> *Moi, je dirais que vous êtes de la famille des poux.*
> *Casus, sac à puces, je vais t'embrocher sur un cactus*
> *Et toi, Belli, belle limace, t'as fait tes adieux à Crocus?*

Dans moins de dix secondes, je te rentre dans le chou.
Pour une fois, entre vous, y aura pas de jaloux.
À grands coups de serres, je vais vous redresser le croupion
Et vous pleurnicherez : « Pitié, épargne nos vies, champion. »
Un, deux, trois,
Vous êtes déjà aux abois,
Quatre, cinq, six,
Je vise le coccyx,
Sept, huit, neuf,
Vous voyez, c'était pas du bluff.

Les sarcasmes de Perce-Neige pleuvaient à flots. Du coin de l'œil, Soren vit Casus essayer de lui planter son bec dans le dos, mais il était aussi vif que malin. Il enchaînait les esquives et les feintes, le tout sans cesser de leur infliger ses railleries. Il provoquait les deux frères à tour de rôle, en les attirant pour mieux contre-attaquer. Il était si rapide et léger que Soren ne le voyait pas bouger : la chouette lapone était un ouragan de plumes grises.

Soren tâcha de se concentrer sur 47-2 pour l'intercepter avant qu'elle ne se rue sur Gylfie. Hélas ! il fut lui-même frappé par-derrière et s'écroula sur le dos. Il se retrouva bec à bec avec l'imposant Casus, dont une des aigrettes était arrachée. Ce dernier était ivre de fureur.

— Je vais te tuer! Te tuer! Je vais te crever les yeux!

Au moment où les solides mandibules allaient le tailler en pièces, l'air vibra et une ombre gigantesque le recouvrit. Comme par miracle, le poids accablant qui le maintenait cloué au sol s'envola. Il papillota, étonné, tandis que son ennemi s'élevait, prisonnier des serres du plus grand oiseau qu'il ait jamais vu. La lumière de la lune à son zénith se réfléchissait sur la tête blanche de l'animal. À sa gauche, un oiseau identique marchait avec majesté autour des formes inertes de Belli et de 47-2.

Gylfie et Spéléon les rejoignirent à pas pressés.

— Ils sont fantastiques, dit Spéléon. Qui sont-ils?

— Des aigles, murmura Perce-Neige avec un profond respect. Des pygargues à tête blanche.

— Oh! Les aigles d'Hortense! s'écrièrent Soren et Gylfie.

— Hortense? répéta Mme P. en s'extirpant de son trou. Qui est Hortense?

27

Les aigles d'Hortense

— Je m'appelle Éclair, expliqua le plus petit, et voici ma compagne, Zana. Elle est muette. (Zana salua les quatre chouettes d'une révérence en se baissant presque jusqu'au sol sableux.) Sa langue a été arrachée par ces démons.

— Démons ? dit Soren. Casus et Belli ?

— Oui, ainsi que Crocus, Hulora, et l'ensemble des misérables crapules de Saint-Ægo. Ils ne méritent pas d'être considérés comme des oiseaux.

— Est-ce Zana qui a tenté de sauver l'œuf d'Hortense ? Celle-ci hocha vivement la tête.

— En effet, et elle a réussi. Mais c'est au cours de cette mission qu'elle a perdu la langue.

— Nous étions là. Nous avons tout vu. Vous êtes si courageux d'avoir aidé Hortense.

— La plus vaillante, c'était elle. Elle était exceptionnelle. Savez-vous qu'à Ambala, presque un poussin sur deux porte son nom aujourd'hui, même les mâles?

— Oh! gémit Gylfie. Elle qui le détestait tant! Du moins, c'était ce qu'elle affirmait.

— Eh bien, au royaume d'Ambala, les héros portent un nom et ce nom est Hortense.

— Que faites-vous à Kunir? demanda Perce-Neige.

— Nous effectuions une simple ronde, répondit Éclair. Nous avons beaucoup d'affection pour ces créatures du désert, ajouta-t-il en désignant Spéléon. Un jour que nous chassions, une de nos filles a voulu voler avant d'être prête. Ah! les enfants, vous savez ce que c'est! Que leur rabâche-t-on sans cesse? Ne quittez pas le nid tant que papa et maman ne sont pas rentrés – et il y en a toujours un pour faire la bêtise! Elle est allée assez loin, mais comme elle n'avait pas appris à atterrir, elle s'est fracturée un os de l'aile. Une de ces drôles de chouettes, celles qui ont coutume de creuser dans le sable, a récupéré notre Fiona et l'a emmenée dans sa tanière pour la nourrir et la soigner jusqu'à ce que son aile guérisse et qu'elle soit capable de voler. Lui et sa compagne avaient repéré d'où elle venait et nous l'ont ramenée. Zana et moi pensons qu'il y a plus de bien que de mal dans le monde, c'en est un exemple. Cependant, il faut demeurer vigilant. Ainsi, depuis que toute notre progéniture est partie, nous travaillons au service du bien.

Émerveillés, Soren, Gylfie, Spéléon et Perce-Neige fixaient ce couple extraordinaire.

— Je ne sais pas comment vous remercier, dit Spéléon.

Zana fit quelques signes que son compagnon observa avec attention.

— Ma chère femelle m'indique que si tu veux nous faire plaisir, tu dois stopper ces allées et venues ridicules dans le désert. C'est beaucoup trop dangereux. Que poursuis-tu avec tant d'acharnement?

— Ma famille.

Spéléon entreprit à nouveau le récit de ses malheurs, de la mort atroce de son frère Flick jusqu'à sa fuite éperdue. Les deux pygargues échangèrent un long regard. À cet instant, Spéléon sut qu'ils connaissaient le sort de ses parents. Zana s'approcha de lui et commença à lui lisser tendrement les ailes de son bec. Éclair poussa un profond soupir.

— Mon petit, nous savons ce qu'il est advenu de tes parents, j'en ai peur. Vois-tu, les plumes de ton frère étaient encore près de votre terrier quand ton papa et ta maman sont rentrés. Nous étions avec eux. Ils ont versé toutes les larmes de leur corps. C'était affreux. Ils avaient reconnu les plumes de Flick mais ignoraient où étaient passés les deux autres poussins. Zana était bouleversée, et bien qu'elle ne puisse pas articuler le moindre son, elle est revenue chaque nuit pour essayer de consoler ta maman, pour lui signifier à sa manière qu'en tant que mère, elle comprenait et partageait son émotion. Hélas! un jour, nous sommes arrivés trop tard. Ces hiboux qui ont failli vous tuer il y a quelques minutes avaient visité les tanières une deuxième fois, avec des renforts. Ils devaient être une cinquantaine, munis de spectaculaires serres de combat. Nous aurions pu les affronter à deux contre trois, même avec les griffes de métal, mais cinquante... non, nous ne faisions pas le poids.

— Est-ce... est-ce... est-ce qu'ils les ont mangés? bafouilla Spéléon.

— Non, non. Ils ont jugé que leur chair était trop coriace et nerveuse.

Un silence interminable s'ensuivit. Personne ne savait quoi dire. Finalement, Gylfie se lança·

— Viens avec nous, Spéléon.

— Où allez-vous?

— Au Grand Arbre de Ga'Hoole.

— Quoi?

— J'ai entendu parler de cet endroit, déclara Éclair. N'est-ce pas qu'un mythe, une légende?

— Pour certains, peut-être, répondit Perce-Neige d'un ton énigmatique.

«Mais pas pour les chouettes, songea Soren. Pour les chouettes, il existe bel et bien.»

Le dernier quartier de la lune ressemblait à la griffe d'un animal invisible plantée dans le ciel du désert. Elle répandait un ruisseau argenté, qui coulait tout droit vers les quatre chouettes, léchant le bout de leurs pattes. Cette lumière, douce et fraîche, était si différente de celle du *glaucidium* et de la chambre blanche! Elle les stimulait et les revigorait. Quelque chose d'étrange était en train de se produire. Soren, avec Mme P. nichée entre les épaules, Perce-Neige et Gylfie, tous se mirent en rond et se pelotonnèrent les uns contre les autres, puis Spéléon s'immisça dans le cercle. Si quelques heures auparavant Soren se demandait comment il allait dévoiler son cœur et ses intentions à ses amis, ses craintes n'avaient plus lieu d'être. Là, sous le faisceau lumineux de la lune, ils étaient subitement devenus un groupe sans qu'aucune parole n'ait été prononcée Tous les quatre, ils avaient perdu leurs parents. Il était temps pour eux de franchir une nouvelle étape dans leur vie. Ensemble, ils seraient beaucoup plus qu'un simple clan d'orphelins. Les histoires ga'hooliennes avaient été une source d'inspiration intarissable à Saint-Ægo. Les Contes d'Antan et la noblesse des chevaliers du Grand Arbre de Ga'Hoole les avaient sauvés de l'inlunation. Alors pourquoi la légende ne se réaliserait-elle pas? Et pourquoi n'y inscriraient-ils pas leurs noms?

Le cauchemar de la mort de Scrogne était épouvantable. Cependant, lorsque Soren était éveillé, une autre vision hantait les marges de son esprit angoissé et faisait trembler son gésier. Il y discernait Noctus et Marella, perchés dans un arbre inconnu. Un nid garni de duvet pelucheux accueillait une nouvelle nichée. « Maman ? Papa ? C'est moi, Soren ! » s'écriait-il en se posant sur la branche. Mais ses parents clignaient des yeux avec une expression méfiante. « Tu n'es pas notre fils », tranchait Noctus. « Oh, non ! renchérissait Marella. Notre fils ne ressemblerait pas à ça. » « Bien sûr que non », concluait Noctus. Là-dessus, ils lui tournaient le dos pour s'enfoncer dans leur creux. Ce rêve l'encourageait plus que tout à chercher le Grand Arbre de Ga'Hoole.

Quand l'univers de son enfance s'effondre en miettes, quand les souvenirs s'effacent avec les semaines et la distance, quand on disparaît de la mémoire de ses proches, il est temps pour les légendes de prendre tout leur sens.

Une deuxième vérité ressortait de ce cauchemar : il avait changé. Et pas seulement lui. les prunelles de Gylfie, de Perce-Neige et de Spéléon reflétaient une nouvelle détermination, une nouvelle intelligence. Un pacte silencieux les unissait dorénavant : ils formeraient un groupe soudé pour l'éternité, attachés par une loyauté plus indestructible que les liens du sang. Ils iraient ensemble à Hoolemere trouver l'arbre ancestral, un roc de sagesse et de noblesse au centre d'un monde contaminé par la folie et l'ignominie. Enfin, ils gagneraient leur place parmi ces chevaliers qui s'élevaient dans les ténèbres pour accomplir d'héroïques exploits.

Non, les légendes n'étaient pas destinées qu'aux âmes désespérées, mais aussi aux braves.

— En route pour l'aventure! cria-t-il.

— Direction Ga'Hoole! rugit Perce-Neige.

— Ouais, tous à Ga'Hoole! firent les autres.

— Pour les chouettes, hip hip hip! hurla Soren.

— Hourra!

Quatre chouettes exploraient la nuit paisible. Le ballet de leurs ombres projetées sur le paysage aride par les dernières gerbes d'écume lunaire offrait un spectacle surprenant. Une grosse chouette lapone ouvrait la voie. Au vent de celle-ci, planait une magnifique chouette effraie, et dessous, une minuscule chevêchette elfe, habile et discrète. Une chouette des terriers complétait la formation, agrippée à la traîne de Perce-Neige. Ils se dirigeaient vers l'île de leurs héros de toujours, les chevaliers de Ga'Hoole bénis de Glaucis, afin de s'y distinguer par des actions d'éclat.

Soren savait dans son cœur qu'une ère héroïque s'annonçait.

TABLE

TABLE

La chouette effraie

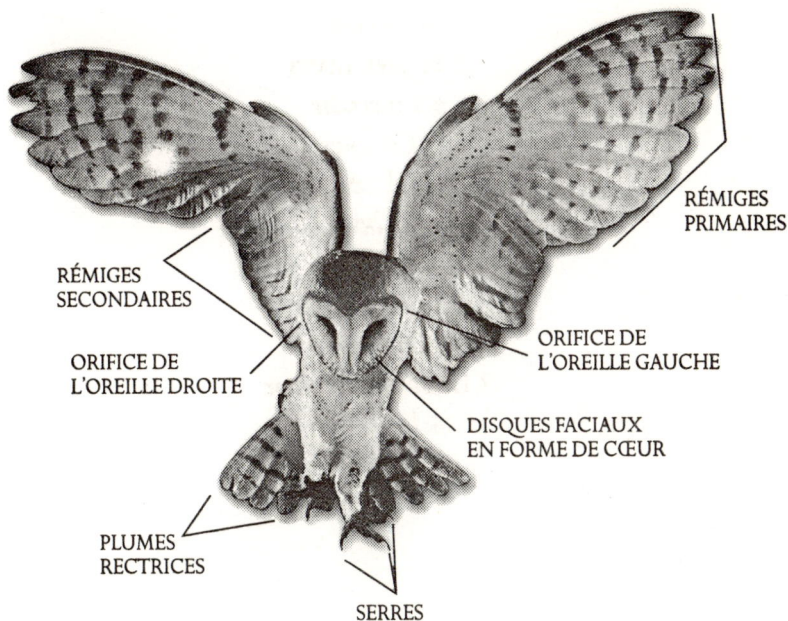

RÉMIGES
PRIMAIRES

RÉMIGES
SECONDAIRES

ORIFICE DE
L'OREILLE GAUCHE

ORIFICE DE
L'OREILLE DROITE

DISQUES FACIAUX
EN FORME DE CŒUR

PLUMES
RECTRICES

SERRES

**Du même auteur,
dans la même collection :**

Découvrez vite :

LES GARDIENS
de GA'HOOLE

LIVRE II

Le grand voyage

KATHRYN LASKY

Des livres plein les poches, POCKET jeunesse des histoires plein la tête

Cet ouvrage a été imprimé en France par

CPi
BUSSIÈRE

à Saint-Amand-Montrond (Cher)
en décembre 2011

Cet ouvrage a été composé par
PCA - 44400 REZÉ

POCKET
jeunesse

12, avenue d'Italie
75627 PARIS Cedex 13

— N° d'imp. 113555/1. —
Dépôt légal : avril 2007.
Suite du premier tirage : décembre 2011.